on the
Bokuto Presents
齊歐卡共和國
歐雷德礦山
前加倫姆王國
前馬姆蘭各族聯邦
前尼塔達亞公國
首都
諾蘭多特
列島

NO BOKUTO
PRESENTS
ILLUSTRION : RYUTETSU
CHARACTER DESIGN : SOU SANBA

the Sky

喀喀爾卡沙岡大森
大阿拉法特拉山脈
席納克族居住圈
北域
北域鎮台第一基地
希
卡托瓦納帝國
帝都邦哈塔爾
塔拜山脈
帝國軍中央基地
達夫瑪州
希爾喀
N
S
卡托瓦納帝國
齊歐卡共和國
地圖

發條精靈戰記

天鏡的極北之星

Alderamin on the Sky

10

宇野朴人
Illustration 竜徹
角色原案 さんば挿

Kadokawa Fantastic Novels

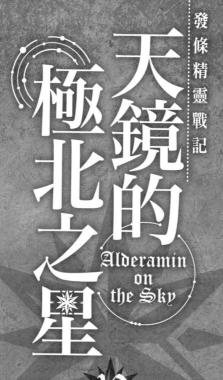

Alderamin on the Sky
Uno Bokuto Presents

登場人物

卡托瓦納帝國

伊庫塔・索羅克……………本作的主角，在非自願的情況下成為軍人的怠惰少年。

雅特麗希諾・伊格塞姆…………已故。舊軍閥名家伊格塞姆家的女兒，在軍事政變尾聲，為保護伊庫塔不受狙擊而身亡。

托爾威・雷米翁……………舊軍閥名家雷米翁家的么兒。率領狙擊兵尋求新時代的戰爭方式。

馬修・泰德基利奇……………體型微胖的平凡少年，對才華洋溢的同伴們抱有憧憬。

哈洛瑪・貝凱爾……………女醫護兵。溫和的性情使她成為維繫騎士團羈絆的關鍵，然而……？

夏米優・奇朵拉・卡托沃瑪尼尼克……帝國第二十八代皇帝，以暴君面貌施行專制政治。

巴達・桑克雷……………已故。伊庫塔之父。前「旭日團」司令官，不拘常規性格奔放的軍人。

庫巴爾哈・席巴……………帝國陸軍上將，新「旭日團」參謀長。相信伊庫塔將振作，代管帝國軍。

索爾維納雷斯・伊格塞姆……帝國陸軍名譽元帥，雅特麗之父。在新皇登基的同時被剝奪實權。

托里斯奈・伊桑馬……………帝國宰相。企圖重現神話時代的皇室至上主義者。其瘋狂毫無消退跡象。

齊歐卡共和國

約翰・亞爾奇涅庫斯……………被頌揚為「不眠的輝將」的齊歐卡名將，具備完全不需睡眠的特異體質。

米雅拉・銀……………約翰的副官，擁有已滅亡的極東國家「亞波尼克」的血統。

塔茲尼亞特・哈朗……………齊歐卡陸軍少校，約翰的盟友。身材高大得令人需要抬頭仰望。

阿納萊・卡恩……………逃亡離開帝國的史上首位科學家，伊庫塔的老師。如今正傳授約翰知識。

艾露露法伊・泰涅齊謝拉……………齊歐卡海軍少將。淪為帝國軍俘虜，與艦隊部下一起策畫逃亡。

阿力歐・卡克雷……………齊歐卡共和國執政官。深不可測的謀略家。有偏愛重用特殊人才的傾向。

拉・賽亞・阿爾德拉民

亞庫嘉爾帕・薩・杜梅夏……………拉・賽亞・阿爾德拉民神聖軍上將，個性豪爽的男性。

第一章

Alderamin on the Sky

桌狀台地攻防戰

以追兵與逃亡者兩者來說，占據心理優勢的大都是前者，這次也不例外。

「哈！哈！哈……！」「呼！呼……」「吁……吁……」

大批帝國兵正配合蜿蜒曲折的山路排成壓扁的縱列折返。行軍的速度很快，很少停下休息。接連的上坡與下坡形成悶痛壓迫著腰腿，加上疲倦的影響，比去程更增一倍的焦慮和緊張使他們的臉龐蒙上陰影。

士兵們不可能覺得舒服，因為背後有追兵追殺。在環境本來就對人類非常嚴苛的大山脈內，企圖對他們下手的齊歐卡軍和阿爾德拉民神聖軍正緊追不放。

「…………」

指揮官馬修‧泰德基利奇一邊在隊伍中段前進，一邊神情嚴肅地看著部下們的情況。行軍速度隨著時間過去愈來愈慢，對命令的反應速度下降，無論再怎麼提醒，隊伍依舊常常亂掉。接受這些確然無疑的現實跡象後，他立刻停下腳步。

「……暫停行軍。在這裡長時間休息，讓士兵歇歇。」

「少校，可是──」

這是許多士兵迫不及待的休息。但意識到從背後逼近的敵軍，副官以眼神表達現在還不該休息的意見。儘管心情上想贊同他，馬修堅決地重複命令。

「不，長時間休息。前面的路程還很長，這時候不休息會對之後造成影響。」

毫無意義下達令部下疲憊不堪的命令正是愚將常犯的錯誤——微胖青年這麼說服自己，帶頭盤腿撲通一下坐到地上。周遭的士兵們也小心翼翼地跟著坐下來。

副官還在煩惱沒有坐下，被馬修從地上一把握住手臂拉了過去。

「來，你也坐著吃些東西。不必慌張也不要緊，敵軍還沒追上來。」

副官還想說話，但青年塞了塊杏乾堵住他的嘴。側眼看著不得不開始咀嚼的副官，馬修將注意力投向後方。

「……不要緊的對吧，托爾威。」

為了不讓任何人聽見，他只在嘴裡喃喃呼喚負責殿後的戰友名字。心想——托爾威變得可靠得驚人，相對的也懷抱了令人放不下心的危險。

比起自己與部下們的安危，他更是一心替翠眸青年感到擔憂。

*

另一方面，在山路向東回溯數公里處。與帝國軍的劣勢呈反比，追逐他們的齊歐卡軍士氣高漲。

「前進、前進、前進！敵人正夾著尾巴逃之夭夭！攻擊他們空門大開的背後的好機會只有現在！」

軍官們按照兵貴神速這句話催促部下們，與馬修在困境中刻意選擇休息的判斷形成對比。近乎快跑的行軍會導致體力消耗加劇，不過考慮目前的狀況，採取這種方針儘管蠻幹但絕不算錯。

「就算兩腿發僵也要衝到底！一旦給敵軍時間，他們就會建立陣地！現在不肯費力，吃苦頭的可是你們！」

長官繼續煽動道。氣喘吁吁地不停奔跑的士兵們也理解這個事實，沒有抱怨。正在逃跑的敵軍是追擊的好獵物，此乃兵法的基本之道。然而——

「快跑快跑！在敵軍野戰築城前追上去，一氣呵成地殲滅他們！別以為有機會休息，哪怕肺都破了也要衝到嘎啊？」

催促士兵的沙啞叫喊聲猝然中斷。額頭中彈的指揮官仰天倒下，槍林彈雨毫不留情地襲向目睹這一幕的錯愕士兵們。他們慌忙退後，行軍立刻停滯。

想攻擊敵人毫無防備的背後沒這麼容易。留下最可靠的部隊攔住追兵，為最脆弱的瞬間提供保護，也是軍事上的必然之舉。

「——命中十七人。敵先遣隊已後退至斜坡前。」

透過望遠鏡看見戰果的觀測手淡淡地報告——在齊歐卡軍隊伍前端約兩百公尺前方，穿著迷彩軍服的狙擊兵們駐守於山路兩側的峭壁上。

「繼續進行防禦射擊。敵兵一進入彈道，各自自行判斷開火。」

率領他們的槍兵領袖，帝國陸軍中校托爾威·雷米翁以堅硬的聲調下令。從軍階章上的星星數量來看，他的身分不該和士兵們一起在前線戰鬥——但他無視這種常識，自願持續站在戰場的最前線。

「雖然打從一開始就清楚，雙方有兵力差距。繼續戰鬥下去，又能夠爭取多少時間呢？」

一名狙擊兵毫不鬆懈地手指搭著扳機，詢問長官。翠眸青年連看也沒看他一眼，馬上回答。

「只要其他路線未遭突破，至少也能守住此處一整天。等部隊整體的殘餘彈藥少於三成就撤退——然後一邊絆住敵軍一邊分階段向西移動，反覆進行相同行動直到友軍抵達安全範圍。」

他的口氣不容任何辯駁。做好覺悟的部下們將注意力集中到敵兵動向上，托爾威則似有所覺地望向不同方向。

「…………」

「……？怎麼了，營長——？」

出乎意料的衝擊打斷了問句。那名士兵的身軀被長官從側面一撞，未能保持屈膝的射擊姿勢當場倒地。緊接著——數發子彈從倒地的他正上方掠過。

「——嘶——」

托爾威順著拯救部下免於喪命的連貫動作，以腰部著地並撥起槍身。定睛看著剛才子彈飛來的方向，在剎那間瞄準並扣下扳機。

「——呼！」

「嘎啊——！」

幾乎是同一時間，一百五十公尺外草叢裡的一名齊歐卡士兵就此送命。

「貝爾希……？」「咦，醫護兵！」

眼見同伴在出乎意料的時機猝然倒下，令周遭的士兵們難掩動搖之色。但有一部分老兵沒理會他們，靜靜地感到戰慄。

「——開什麼玩笑。剛才那一槍是怎麼回事？」

剛剛透過望遠鏡觀察敵方部隊的一人以顫抖的聲調低語。在他身旁舉著風槍的男子苦澀地撇撇嘴角。

「……我很希望是自己看錯，但你也看見了？」

「嗯……那個高個子槍兵，在臥倒的同時一槍殺了貝爾希。」

那超乎現實的一擊，光是能辨識出兩者的因果關係都近乎奇蹟。壓低身軀閃避射擊、瞄準目標、手指扣下扳機的動作——對方在不到一秒之內做到這一切，奪走貝爾希上等兵的性命。神乎其技到極點，已經顯得荒唐。

「……還是說，那個人是『槍擊的雷米翁』？」

「那可是超過一百公尺的遠距離射擊啊。光是第一槍命中都算特技了。」

他們不能一直佩服下去。用眼見同伴遇害的憤怒蓋過那股令背脊發寒的恐懼，兩人用力握緊槍柄。

「——閒聊該結束了，無論如何都要幹掉那傢伙。光是放過他一個人，往後很可能有幾百名同伴死在他槍下！」

「不必你說我也清楚！」

「——敵軍藏在東南方斜坡草叢裡。第七班，展開還擊。」

無從得知自己那一擊對敵方造成的衝擊，置身於傾注而來的反攻射擊中，托爾威淡淡地指揮部下。

「看穿了我方配置嗎？應對速度比預料中快得多。」

「這代表敵軍很優秀——泰蘭中士，給你三十秒，提出最適合排除該地點敵兵的戰術。」

他如此催促部下思考。他本身已有最佳答案，但刻意沒說出來。無涉於嚴酷的狀況，這一戰對青年來說始終是部隊的操作測試。促進部下成長是他的夙願。

理解長官意圖的泰蘭中士沉思半晌。

「……我率領我的班從北側繞到東邊山丘。只要大家將敵人的注意力吸引到這邊，二十分鐘以內——」

說到此處，中士赫然驚覺地住了口。他立刻以望遠鏡檢查自己指定的迂迴路線——看出草叢正不自然地搖擺，確信自己的判斷有誤。

「——對不起，對方也料到這種可能，安排了伏兵……請給我三十分鐘。讓我帶兩個班拿下東邊山丘，對敵方部隊進行壓制射擊。」

「很好。當你們占領山丘，敵軍多半也會撤退。」

托爾威對部下的判斷打了個及格分數。泰蘭中士內心感到一陣自豪，神情略顯不安地回望長官。

「接下來我們無法參加這邊的戰鬥，沒關係嗎？」

「無妨。我不會稱依必要局勢布署的兵力是閒置兵。」

托爾威的即刻回答讓中士屏住呼吸……他散發出的氣息太過緊繃，連長期相處的部下們也常感受到在極度敬畏下產生的恐懼。

「Ｍｕｍ——有意思。真有意思。」

白髮將領不顧副官的阻止登上高台，眼神閃閃生輝地眺望戰場。

「看啊，米雅拉，這是前所未有的戰場。經過高度訓練的風槍兵部隊阻攔了我方的進軍，我方也同樣運用狙擊兵嘗試擊敗對手。雖然看不清身影，他們無疑是戰場上的主角。」

「我在聽！我在聽，請至少再把身體壓低一點！就算位於射程之外，也難保沒有一發流彈射過來！」

米雅拉站在他面前，像是要保護一個不聽話的孩子。約翰溫柔地兩手搭上她的肩膀繼續道。

「我不得不承認，現階段對方在槍兵的運用法上比我們更勝一籌。看得出敵軍已習慣分成比班更小的單位行動。既然武器射程廣，確實沒必要把士兵匯聚在一個地點集中戰力。只是，想讓劃分為小組的兵力學會依個別判斷行動，應當需要相當程度的訓練才對。」

他始終直率地稱讚著敵軍，話中不帶敵意或偏見。因此，那些負面部分由副官代為負責。她板起臉孔反映己見。

「……我承認那些風槍兵在這裡的確棘手，但沒感覺到這麼大的威脅。換到開闊的地形上，他們就不足為懼。無論是躲在草叢裡或懸崖上，爆砲都能連人帶躲藏地點一併掃蕩。」

「ＳＹａｈ。不過，老是依賴爆砲優勢遲早會吃苦頭。我認為我方的戰鬥方式也必須有所進化。對了——關於這次的戰況，能否請教博士的看法？」

約翰依然望著戰場，詢問跟在他們後面登上高台的老賢者。阿納萊拍拍膝蓋上的沙子與他並肩而立，摸摸鬍子沉吟一聲。

「若希望迅速突破，無論如何都得先從處理敵人的射擊著手。」

「Ｙａｈ。我也考慮過燃起煙幕，偏偏我軍位於下風處。等到太陽下山瞄準精度應該會下降，但到了那時候進軍本身將變得很困難。」

「因為夜間，還是走山路的強行軍危險至極。如果我是帝國軍，就會抓住這個良機。依地形條件與設下的圈套而定，想將大軍一網打盡也並非沒有可能成功。」

「正如您所言，考慮到這種風險，不能將夜晚看成行動機會，必須在白天尋找突破點。」

約翰頷首。然而——米雅拉知道。訴說處境有多困難時，他臉上不見一絲不安或焦慮。那悠然的口吻，是約翰談論已經解開的難題時的語氣。

「所以，我正在製造突破點。」

＊

「呼！呼！呼————」

帝國軍大本營內，埋頭投入土木作業的士兵們忙碌地來來往往。一名男子正氣喘吁吁地向著大本營西邊跑去，他肩頭的軍階章顯示他擁有與年過三十的外表不相稱的高級軍官地位——屬於准將階級。

「——夏米優陛下！您、您平安無事！」

因緊張和畏懼而變調的聲音，透露出在大本營西邊的人於所有意義上都位居他之上。面對這位堪稱心腹的臣子相迎，女皇夏米優．奇朵拉．卡托沃瑪尼尼克悠然地走出由親衛隊組成的人牆。

「無礙……對不起，結果引來了敵軍。」

夏米優苦澀地撇撇嘴角，目光轉向背後。

「這座大本營也移動到比報告內容更深得多的位置，會合因此比預計的晚了幾天。」

「是，非常抱歉……」

「我並非在責備你。我也一樣出了醜，現在想知道當前情況。這邊發生了什麼事？」

薩扎路夫領會女皇比起道歉更想獲得資訊，停頓一下後開口說道。

「追逐流亡者向東前進的馬修少校部隊遭受敵軍反擊，開始撤退。因為預期他們將被追擊，我等才將陣地往東移動以盡快會合戰力。」

聽到大致不出所料的回答，夏米優緊緊抿住嘴唇。

「……即使派托爾威過去情況還是演變至此嗎。這代表和馬修等人會合之前，我等都無法離開這裡。」

「是的……如果不捨棄他們的話。」

年輕的准將以毫無暖意的聲音補充。察覺他話中的含意，女皇憤怒地瞪視著他。

「別小看我，薩扎路夫。我看起來像是有意如此嗎？」

「——是臣失言了。求陛下饒恕。」

嘴上這麼說，薩扎路夫露出打從心底鬆了口氣的表情，深深地垂下頭。夏米優直瞪著他，沒多久後嘆息一聲別開視線。

「……看在你不惜身首異處也不肯拋棄部下逃跑的覺悟份上，這次姑且饒了你。」

夏米優以放緩幾分的聲調說道。帝國軍人的最優先使命是保衛皇帝生命安全——這種話自始至終不曾浮現在女皇腦海中。

將少女當成暴君畏懼的人們大都不知道。雖然有必要時她可以表現得無比殘酷，基本上她一點也不認為——自己的性命有犧牲他人來守護的價值。

「謝陛下仁慈。我方當然也在思考最優先將陛下送達安全區域的方針，要為此組成分遣隊也並非不可能之事。然而——」

薩扎路夫暫時打住，表情僵硬地俯瞰西方的敵軍勢力。

「——要保衛陛下護駕同時衝破那批敵軍，需要相當數量的人手……此地的近半數兵力。」

「隨著兵力分散，迎擊追逐馬修一行人至此的敵軍也將變得困難吧。」

少女接過那句話往下說。不再對她理解的速度之快感到吃驚。薩扎路夫直視著她頷首。

「臣實在無能，正如您所料。」

夏米優聽到回答後環顧四周，思索一會後再度開口。

「立刻派此處的全軍出擊殲滅他們，再回來幫助馬修一行人很困難嗎？」

「目前這裡正出動全體士兵投入野戰築城工事。調派這些人手去戰鬥，取而代之的作業就會停擺。若以閃電戰一決勝負還好，結束或許能再回到作業上……萬一戰況棘手，當敵軍從東方前來時陣地將毫無防備。」

「原來如此。在馬修他們回來前無法離開這裡，而他們回來時敵人也將同時抵達。也就是說——陷入夾擊的情勢已是避無可避。」

「很遺憾……」

薩扎路夫深深感到自己的無能，忍不住垂下眼眸。但女皇彷彿連花時間沮喪都嫌浪費般神情毅然地繼續道。

「好，既然現狀是這樣，那就接受吧。你設想過我方東西兩面遭到包夾後的行動嗎？」

她的黃金雙眸裡蘊含嚴格的公正，等待薩扎路夫答覆。在那道視線催促之下，男子也挺直背脊，望向未來回答問題。

「有的。憑藉這裡的地形——」

*

「……呼……！」

帝國軍的隊伍正保持著士兵不至於累得倒下的極限速度持續撤退。在隊伍最後方，響起頻率漸漸增加的壓縮空氣爆炸聲裡，摻雜著托爾威一絲不亂的呼吸聲。

「第七班，支援右翼！敵人打算從那邊突破！」

「遵命……！但我們一離開，這裡只剩二十多人——」

槍響淹沒了士兵關心戰況的說話聲。在瞄準器前方再添一具新的屍體，青年以毫無暖意的眼神投向部下回答。

「有這麼多人就足以應付過去——接下來，我一槍也不會落空。」

「遵、遵命！」

那股不容辯駁的氣勢使士兵邁步跑去。翠眸青年瞥了他的背影一眼，迅速思考——他是統率狙擊兵的部隊指揮官，並非確實除掉視野範圍內的敵人就能完成職責。

隨著膛線風槍在雙方軍隊普及化，兩軍的有效射程幾乎不相上下。他率領的一個營六百人要在此前提之上嘗試絆住超過三千人的齊歐卡軍部隊。這個目標本來得運用堡壘等要衝才有可能實現，托爾威卓越的用兵卻顛覆了這項常識。

「……呼……！」

他們的戰術關鍵是絕不露出形跡。穿著黏上無數草木與小樹枝的迷彩服融入叢林的景色裡，在黑暗中瞄準目標射擊，不斷除掉敵兵。

當這些「無形的狙擊兵」配合經過高度訓練的射擊技術，展現高得異常的殺傷效率時，敵軍的心理將產生什麼感受？

「——恐懼吧——」

答案只有一個。他們會看見亡靈。把看不見的敵軍數量高估數倍，對自己虛構的幻影感到戰慄不已。敵人或許就在那裡的恐懼感——昔日黑髮少年如此稱呼的事物，將現在的托爾威・雷米翁培育成異形的怪物。

「——恐懼那片黑暗吧。無論男女老少，勇敢的人或是膽小鬼。凡是有生命者都沒有任何區別——！」

「——不，不足為懼。」

然而，這裡有一位挺身對抗怪物的英雄。

「最多一個營六百人，那就是你們的實際戰力。」

白髮將領如此斷言後英姿颯爽地轉身，向站在背後的魁梧幕僚露出大膽無畏的微笑宣言。

「敵軍的布署就如同我告訴過你的，你相信我吧，哈朗。」

「包在我身上。」

哈朗也毫不遲疑地回應他的指示，做好充分準備朝眼前候命的部下們拉高嗓門。

「橫排散開！槍兵舉槍！」

士兵們聽命散開，占滿山路的路寬。第一排、第二排、第三排分別偏開位置，清出所有人朝向正面的彈道。以製造壓迫感和彈幕密度為最優先的戰列步兵——雖然與帝國的戰術相比顯得過時，他們威風凜凜地展開攻擊。

「開火！」

齊射、前進、裝子彈、齊射、前進、裝子彈——一絲不亂的動作使射擊得以毫不間斷地繼續，壓縮空氣的爆炸聲不絕於耳。不同於活像被指揮官威脅才服從的平庸戰列步兵，展現出經過千錘百鍊的集體行動的機能美。

「射擊別留空檔！後面部隊依前方需求供應彈藥，槍械故障者迅速與後排交替！」

大約前進五十公尺時，哈朗舉起一隻手拉高嗓門。

「停止射擊！變更瞄準目標——往左偏七十度！」

槍兵們立即變更瞄準目標，如槍林般並排排列的槍身同時鎖定潛伏在樹蔭下的看不見敵軍。

狙擊兵們正要配合敵方部隊的行進，和先前一樣移動迎擊地點。然而——猛烈的槍林彈雨從那一瞬間起自他們背後襲來。

「什……？」「嘎……！」

碎裂的木片和樹葉往周遭彈飛散落，肩膀中彈的士兵屈膝蹲下。發現狀況明顯為之一變，狙擊兵們同時臉色大變。

「……？我們明明在樹林裡移動，齊射卻追了上來！」

「趴下！是橫排的同時射擊，這種射擊密度可不能抬起頭！」

狙擊兵們趴在地上躲避子彈。他們無可奈何地以匍匐前進繼續移動，但這樣難以追上前進的敵方部隊。抵達下一個迎擊地點時，敵人多半已走到射程範圍外。

活用以班為單位行動的靈活性，配合敵軍當前位置從最佳地點進行迎擊。他們一直沿用到現在的新時代戰術，這次無法執行——對此一事實越發焦慮的同時，來自山路接連不斷的齊射正痛擊他們。

「可惡！那些傢伙看穿了咱們嗎……！」

「——這是……！」

托爾威也立刻從敵軍光明正大地走在山路上的樣子察覺異狀。一旁用望遠鏡目睹同一景的部下聲音變調地喊著。

「營長，敵軍正以橫排前進！勢不可擋！我方同伴的狙擊似乎被壓制射擊所抑制……」

與報告士兵的慌亂相反，敵軍毫不焦躁地保持一定的步調持續前進。翠眸青年神色嚴厲地直視著敵軍部隊，咬緊牙關。

「還有更大的問題……他們不畏懼黑暗。看穿了我方的位置！」

「Yah——正面攻擊是兵力較多的一方占優勢。此乃戰場的慣例喔，還未謀面的狙擊兵頭領。」

眺望著制住敵方反擊同時不斷向深處前進的部隊，約翰加深臉上無畏的笑容。

「我方被牽制在這裡超過三小時。都經過那麼長的時間，面對我這個對手還企圖扮成看不見的亡靈，未免也奢求太多了。要看清原本看不見的東西，這段時間可是綽綽有餘。」

亡靈在樹叢暗處悄悄蠢動。然而——白髮將領的雙眸透過出類拔萃的分析能力和想像力，詳細地看穿了他們的動向。

「分散成人數不到班的小組，潛伏在黑暗中的狙擊兵部隊——我承認這的確是個威脅。不過，只要是以阻攔我方為戰術目的來考慮地形，布署與移動就會出現一定的法則。先從我方觀點推論出最佳解答，再根據士兵們到目前為止中槍的地點反推回去檢驗答案，從誤差中預測敵方集團的心理與性格即可。」

直至這瞬間為止花費的時間全都是為了找出答案。約翰這名將領的特質中，並沒有讓看不見的敵人一直保持看不見狀態的溫柔和愚蠢。

「狙擊兵頭領。你的理想多半是讓每一名士兵擁有獨自的判斷力，同時維持遠比過往戰列槍兵更高度的相互合作來持續戰鬥吧。母國齊歐卡內有一種尊重民眾自治，欲將行政權限最小化的『小政府』理念，你能夠提出相當於其軍事版的概念，我要坦率地給予高度評價。然而，人類本質上是以集體行動為原則的生物。在軍事方面，經過組織化的士兵行動必然會反映出指揮官的意圖。」

光是看穿敵軍藏在黑暗彼端的身影還不夠，約翰的雙眼甚至看透了對方的思維。由帝國軍的英才托爾威・雷米翁培訓出的新時代狙擊兵部隊，如今正被不眠的輝將一刻一刻地揭開全貌。

「你的用兵給我的印象，是比他人更加倍地溫柔和膽小，還有壓抑那一切踏上戰場的決心——這樣吧。真有意思。我的腦海中不停浮現一個很不像軍人的形象。」

不分敵我，對未知的事物都懷抱期待的無邪心態，這種曾讓約翰多次自我警惕的傾向，反倒在和阿納萊・卡恩相遇後日漸增強。正因為如此，他打從心底感到愉快地對著這次以敵人來說值得讚賞的對手窮追猛打。

「希望他肯被生擒俘虜。優秀的部下往後有多少都不夠——！」

＊

另一方面，在薩扎路夫准將指揮的帝國軍大本營，成功會合的女皇夏米優與麾下部隊正度日如年地等待著友軍歸返。

「——看到了！是友軍的帶頭部隊！」

守望東邊的一名士兵揚聲大喊。衝出總部帳篷的薩扎路夫也拿自己的望遠鏡做確認後，立刻指示部下們。

「很好，打開路障讓他們進來！野戰醫院做好接收傷患的準備！動作別慢吞吞的，後頭的人馬上就到了！」

「哈啊！哈啊！——總、總算到了——」

馬修好不容易帶著疲憊不堪的部下們回到這裡，才剛登上通往高台陣地的狹路，一穿越路障就看見沒想到會出現在這裡的君主身影，錯愕不已。

「——陛下……？您怎麼會到這種地方來！」

一身黑衣隨風飄揚的夏米優走到他面前，神情嚴厲地開口。

「我本來打算過來救援你們，結果卻一塊中了陷阱。」

「就算如此也沒必要悠哉地留在這裡！薩扎路夫准將，你為何沒為陛下組成脫困部隊！敵軍明明馬上就要湧向這裡了……！」

馬修忘掉了疲憊逼問長官。但還沒從薩扎路夫口中聽到理由，他擔憂的對象本人先拋出尖銳的話語。

「別逾越分寸，馬修．泰德基利奇。我要前往何處、做什麼事只有我能決定。你只需要思考突破現況的辦法。」

身為臣子理所當然的顧慮遭到拒絕，令青年隱現怒色。夏米優表面上置之不理，淡淡地改變論點。

「隊伍後面的士兵應該正遭到齊歐卡軍和阿爾德拉民神聖軍追擊。從部隊的樣子來看，負責殿後的可是托爾威中校？」

「……是，要不是那傢伙趕來支援，會死更多士兵。」

「正因為如此，派他們過去才有意義。全體部隊大約何時可在此集合？」

「預定時間是兩天後的中午……敵軍也將幾乎同時抵達。」

由於剛才的爭執，希望她理解狀況危險性的馬修又補充道。可是，女皇本人卻一派理所當然地點個頭後轉身。

「召開軍事會議。我有大略的作戰計畫——不過我要聽聽你的意見，馬修少校。」

比馬修等人還要晚上四天後，約翰率領的齊歐卡軍、阿爾德拉民神聖軍聯合部隊抵達敵方大本營前面。

「——Hum，原來如此，在這設置陣地嗎。」

他喃喃低語，眼前的地形是從北向南橫亙數十公里，角度超過九十度的險峻懸崖。粗糙的岩壁向前突出遮蔽住約翰等人，上面可隱約瞥見觀察敵情的帝國兵——當地層上部堅硬平坦，下部較為柔軟時，下部被風雨侵蝕的速度較快，經常會在漫長的歲月中形成這種地形。

「與其稱作山脊——不如說是桌狀台地。通往台地頂上的山路只有南側的一條狹路，那邊也已經被路障封鎖了。」

「ＳＹａｈ。儘管能迂迴繞過這一帶過去，卻需要三天以上。敵人大概會趁這段期間全軍往西逃逸。」

以腦海中的地圖確認敵我雙方的相對位置，白髮將領繼續分析狀況。

「Ｍｕｍ——話說回來，敵軍總指揮官看來相當勇敢。明明可以在更接近山脈的入口處等待同伴，那麼做綜合來說甚至稱得上是萬全之計，他還是選擇踏入山脈深處，展現出想盡可能讓更多士兵生還的強烈決心。」

約翰滿意地揚起嘴角，讚許敵軍呈現敗象依然堅定不屈的意志。

「敵人還沒有玩完。別疏忽大意了，米雅拉。」

約翰向副官凌厲地低語，又轉而望向斜後方的科學家。

「對了——怎麼了，博士？您好像從剛剛開始一直注意上空。」

「嗯。有隻很少見的鳥在飛。」

阿納萊・卡恩一邊仰望上空一邊回答。這位老賢者從不會錯過其餘大多數人毫無所覺地忽視的微小異狀。

「那隻鳥從方才起一直在我們頭上盤旋。這一帶應當沒有這種外觀的大型鳥棲息，因此我很在意。」

約翰順著阿納萊興味津津的視線望向上空，很快看出了老人口中的「很少見的鳥」的真實身分。

「……啊！博士果真目光犀利，那是『白翼太母』的愛鳥──米扎伊，在這邊！下來！」

他大聲呼喚又打呼哨吸引飛鳥的注意。成功的讓上空的「牠」往下飛。數秒鐘後，那頭大型猛禽掀起一陣風降落到地上。士兵們紛紛反射性地後退，唯獨約翰舉起一隻手，像迎接朋友般和藹可親地走過去。

「你充當傳令兵啊，真是幫了個大忙。我馬上看信回覆，稍等一會。」

他說完後拆下綁在米扎伊腳上的書信。另一方面，阿納萊對傳令內容絲毫不感興趣，開始仔細觀察眼前的生物。

「鷹……鷲……！不是，這是鶚。沒想到在天險大阿拉法特拉山脈中央，竟會遇見海鳥。」

老人壓低身軀把臉湊了過去。也許是從他的目光中感覺到危險，米扎伊微微擺出警戒姿態。

「這頭鶚剛剛是認出你才飛下來的嗎？不只如此，還乖乖等你寫好回信，真有意思。或許我必須重新評估鳥類的智能水準。」

一心投入觀察中的阿納萊分別從前後、側面、斜下方凝視著觀察目標，那副樣子看得約翰也不禁面露苦笑。

「博士，逗弄牠也請別太超過。米扎伊的自尊心很高，做得太過火會被啄喔。」

「我明白，再一下子就好……咕喔喔！」

約翰才剛發出忠告，阿納萊就驚險地躲過尖銳鳥喙的刺擊。米雅拉笑出聲來，但在她身旁看信的白髮將領漸漸皺起眉頭。

「……沒想到那邊有女皇駕臨。情況變得有些棘手啊。」

「咦——？約翰，這究竟……」

約翰命士兵備妥文具和桌子，迅速提筆回信。他下筆時沒有絲毫停頓，只用了短短幾分鐘便書寫完畢。

「……Ｙａｈ，回覆也寫好了。送到你主人手上吧，米扎伊。」

他像一開始那樣將信綁在鳥腳上，米扎伊迫不及待地鳴叫一聲振翅飛向天空。無視一臉依依不捨的阿納萊，米雅拉詢問長官。

「處理完了？剛剛送出的信上寫了些什麼？」

「沒什麼特別的。就是我方的現狀和兵力，還有往後的作戰計畫。」

「連作戰計畫也寫了？不必先開一場軍事會議嗎？」

「眼下的局面沒必要特別徵求幕僚的意見。雖然女皇親臨出乎預料，也不至於影響大局。之所以這樣說——是因為從敵軍決定在桌狀台地布陣開始，下場就大致底定了。」

白髮將領像陳述自明之理般告訴她，目光重新落回到眼前的桌狀台地。

「在台地山腳散開兵力，施加壓力。然後靜待時機到來。」

「度過兩年俘虜生活，算是無可奈何。」

另一方面，來到隔著駐紮台地的帝國軍的另一側，「白翼太母」忍不住抱怨。

「上頭叫我們自行逃獄，我們就照辦。爬上大山脈——對海兵而言雖然吃力，若只限這麼一次也並非挺不過去……可是，要人接連應付這一切未免太亂來了。葛雷奇，你覺得呢？」

艾露露法伊精疲力盡地躺在一塊適度平滑的岩石上，對相貌凶惡的心腹問道。海兵隊長葛雷奇・亞琉薩德利聳聳肩表示贊同。

「再加上還得照看一萬名流亡者，我深有同感。執政官閣下似乎以為咱們在帝國足足游手好閒地偷懶了兩年啊。」

「就是說啊。那麼，他們的情況如何？」

「是。剛上山時還意氣昂揚，但現在那股熱情冷卻下來，態度明顯地變得搖擺不定。看樣子是想躲在後面，把戰鬥交給咱們負責。」

「嗯，那就好，比他們不管三七二十一地衝上前線方便多了。本來就在不熟悉的山上交戰，如果再混雜民兵只會嚴重加深混亂。戰鬥由我們來解決吧。」

交談時依然躺著的她，說到此處忽然坐起上半身。米扎伊緊接著降落在她的手臂上。艾露露法伊為愛鳥的歸來感到欣喜，目光投向牠的腳踝。

「歡迎回來，米扎伊。看來你確實見到了約翰。」

她當場瀏覽解下的信件，不久後發出一聲安心的嘆氣。

「……啊，看樣子我們這番受罪也到了結束的時候。葛雷奇，你能不能微笑一下以表達喜悅之情？」

「像這樣嗎？」

葛雷奇應要求將其中一側一直裂到耳根下的嘴角咧到最開。白翼太母嫣然一笑，欣賞著那小孩子看見保證會嚇得哇哇大哭的凶惡表情。

「你的笑容不管什麼時候都很迷人。就帶著這個表情去通知士兵們好消息吧。」

「了解～」

海兵隊長在她催促之下悠然掉頭。海兵們的驚叫從他所到之處傳來，艾露露法伊縮起身軀，將那些叫聲當成搖籃曲打起盹來。

受到她這位總指揮官的性格影響，即使處於嚴峻的狀態中，「白翼太母」部隊的士兵們依然不失開朗。然而——此刻抵達帝國軍大本營的一營士兵散發的氣氛與他們恰好形成對比，正適合以「陰沉」兩字形容。

他。

「……狙擊兵營歸來了。」

部隊指揮官穿越路障，向迎接他們的同伴機械性的敬禮。此時，一名微胖青年氣喘吁吁地跑向朋友開口第一句話就問起他的安危，但翠眸青年低垂的頭依舊沒抬起來。

「托爾威，你沒事吧？」

「兵力消耗已達極限，我們不得不中止獨立行動……真是可恥。本來打算再多爭取兩天時間的……！」

他緊握著風槍槍柄的手指微微顫抖。面對托爾威強烈的自責，馬修一下子想不出該對朋友說什麼才好。

你們已經爭取到出發前說好的最低限度天數，不必那麼自責——馬修非常清楚，這種話托爾威聽不進去。折磨托爾威的是他為自己設下的門檻。如今戰場上不再有炎髮少女和黑髮少年的身影，他要求自己代替兩人擔起引領帝國軍的義務。不必任何人開口，托爾威就獨自把所有責任扛在肩上。

微胖青年正找不到該說什麼，女皇從背後走上前代替他開口。

「不必焦慮，托爾威，你達成了必要的任務。你也到總部來，我必須說明接下來的計畫。」

夏米優淡淡地這麼告訴他後轉身離去。翠眸青年踏著鬼魅般的步伐跟了上去，而馬修只能一臉苦澀地跟在後頭。

「我等的作戰計畫非常簡單。」

在列隊軍官們的前方，女皇站在地形圖前展開說明。

「對於自東側來襲的齊歐卡軍、阿爾德拉神聖軍，這個桌狀台地的地形將構成屏障。直通的山路已設路障堵住，堅持兩、三天不成問題。我等就趁這段期間殲滅西側的敵方勢力——逃亡俘虜和教徒集團，迅速下山。」

她以短短數十秒介紹完計畫梗概。宛如象徵了軍官們的心情，馬修的臉龐猛烈抽搐起來。

「……陛下，您剛剛是說殲滅嗎？」

「我是這麼說了。面對與我為敵、攔住我去路的敵人，還有其他的因應之道嗎？」

夏米優若無其事地一口斷言。在一片鴉雀無聲的帳篷內，只有她蘊含凶兆的聲音震動空氣。

「作戰由我擔任總指揮。發動時間為明天清晨——教徒們大都尚未醒來的時間帶。姑且不論原為俘虜的齊歐卡兵，對付其他敵人想必和搗毀稻草人一樣簡單。」

馬修狠狠咬著牙走上前，目光與黃金雙瞳爆發衝突。

「要和搗毀稻草人一樣簡單地……殺害國民？我們的目標明明是帶他們回去。」

「如果他們僅僅是流亡者，的確沒錯。但既然主動拿起武器與我等為敵，我就會毫不遲疑地把他們當成敵人看待。」

「那不也是齊歐卡的策略嗎！那些傢伙給了被逼到絕境的教徒們風槍，教唆他們掀起武裝暴

桌狀台地
N
S
齊歐卡海軍
第四艦隊
（約兩千）
阿爾德拉教徒
（約一萬）
比較平緩的斜坡
帝國軍
部隊
（約四千）
突出的岩壁
齊歐卡陸軍部隊
（約三千）
河川源頭
通往台地的
山路
（已封鎖）

動！如果我們在這裡對同胞下手，豈非正中敵軍下懷？」

青年氣勢洶洶地踰越進諫範圍頂撞女皇，但她依然嚴肅地搖頭。

「命令已下。以我之名下達，由我負責。」

她一句話忽視了所有說服。對於馬修貼近貧困教徒感情的發言，女皇的答覆委實太過冷酷無情。

青年眼中燃起怒火。卻又懷抱著同等的悲傷。

「……我無法聽從。對抗外敵保衛國家是軍人的職責。唯獨此時此刻，我和米卡加茲爾克有同感。毫無顧忌地虐殺本國國民的軍隊絕不該存在……！」

帳篷內掠過一陣騷動，本來正想找時機插話的薩扎路夫臉色發白。聽到馬修明顯超出界線的發言，所有感情倏然從女皇臉上消失。

「——馬修．泰德基利奇少校。我對你的評價很高，也以長遠的眼光期待你成長為足以承擔帝國軍未來的人物。正因為如此，這趟調查也打算提拔你。可是——」

她以右手一口氣拔出腰際的軍刀，刀尖抵住微胖青年。

「——若你堅持不聽從我的判斷，再進一步違抗，我將追究抗命之罪。」

女皇冷冷地下達最後通牒。在利刃相向之下，馬修的眼神驟然失去溫度。

「——妳要用那把刀，砍下我的腦袋？」

他張開乾澀的嘴唇，對眼前之人拋出最強烈的諷刺……從前炎髮少女曾握著那把軍刀，拯救騎士團無數次脫離險境。面對著刀尖，青年緊握的雙拳微微顫抖，閉上眼睛。

「要殺就殺吧。如果妳真的下得了手……妳就不再是我認識的夏米優．奇朵拉．卡托沃瑪尼尼克。」

絕望的沉默落在兩人之間。誰也沒有勇氣說和調解——因為他們明白，這一連串的爭執並非僅限於當下的衝突，而是兩年來累積的摩擦浮上檯面。他們不得不領悟到，兩人的主從關係已維持到了極限。

「陛、陛下——」

儘管對一切心知肚明，薩扎路夫還是抱著近乎自殺的覺悟硬擠出聲音——就在此時，帳篷入口處傳來明顯不合時宜的開朗哼歌聲，傳遍氣氛緊繃的現場。

「哼哼～♪各位，茶泡好了！哇！哇哇！——啊？」

哈洛穿過軍官們身旁走到夏米優和馬修這裡時突然失去平衡，手中的茶壺隨之傾斜。冒著熱氣的茶水從壺嘴溢出來噴在馬修的小腿肚上，燙得他猛然瞪大雙眼。

「好燙～～～～！」

「啊啊啊？對、對不起！我馬上幫你冰鎮！」

哈洛慌忙叫搭檔水精靈米爾製造冰水。一直愣愣旁觀狀況的薩扎路夫，這時候終於看出眼前有個轉換氣氛的機會。

「……哈洛少校，不好意思，妳帶馬修少校出去吧。現在戰局吃緊，就算只是燙傷，萬一惡化也會造成大問題。」

「好、好的！給大家添麻煩了！」

哈洛拉起馬修的手，連連低頭道歉離開帳篷。裝出一副感覺遲鈍的模樣將兩人的衝突含糊帶過，有著哈洛臉孔的女子在心底咯咯輕笑。

——現在還早呢，公主。

當然，她的舉動不可能是出於善意。在那個場合加深夏米優和馬修的對立不符合她的目的，因此她出手阻止。事情只是如此。

——現在還是累積時期。妳一直盼望的毀滅，沒有廉價到會從這種地方展開吧？

她充滿耐心地持續灌溉著撒在人際關係這片土壤裡的紛爭種子，從不忘了殷勤照料，以免植株枯萎憔悴。夢想著種子以最大最糟糕的形式開花結果的那一刻，持續灌注扭曲至極的熱情。

——真讓人操心啊。呵呵呵呵呵！

「……可惡！……可惡！可惡！可惡……！」

治療過輕微的燙傷後，馬修窩在他個人的帳篷裡沒完沒了地咒罵。

「——冷靜下來，馬修少校。我了解你的心情，但虐殺一事還沒成定局。」

過了一會，開完軍事會議的薩扎路夫前來看看情況。他對低頭坐在床邊的青年繼續道。

「我爭取到陛下的允許，指派我手下的營擔任突破西側戰線的前衛，我方有可能掌握前線的主導權。雖然齊歐卡方面也有可能拿教徒們當擋箭牌……」

儘管注意盡量順著對方的心境說話，薩扎路夫很快想到了這麼做的極限。他領悟到立刻就能揭穿的詭辯有多空虛，語帶嘆息地改變說服方向。

「……不，我也必須說清楚。如果教徒在戰鬥時成了攻擊對象，我打算毫不留情地朝他們齊射。」

「…………！」

馬修神情錯愕地看向長官。薩扎路夫馬上補充。

「只限於剛開戰的時候。等教徒們害怕得奔逃，就改為和原本是俘虜的齊歐卡海軍交戰……不過，在進入那個階段前，我無意手下留情。半吊子的攻擊很可能給敵方趁隙而入的機會。雖然遺憾，現在的局面是……愈為教徒們著想，我方受到的損害就愈大。」

薩扎路夫逼部下直視未加掩蓋的殘酷現實。他深信這是身為長官的職責。

「保護陛下的安全自不待言，盡可能讓更多部下活著回到帝國，是我現在的目標。哪怕必須擊斃自己的國民，我也要實現目標……夏米優陛下之所以表明要親自擔任總指揮，是因為她有覺悟獨自扛下所有責任，背負作戰造成的犧牲。你不會不明白吧。」

馬修咬住嘴唇垂下眼眸——沒錯，其實他也明白，女皇的判斷殘酷卻很正確。也明白自己沒有資格說三道四。

「狀況惡化到這種地步，主因是我們一開始搞砸了……如果沒命回去也沒得後悔。我不會非要你接受，但你要有弄髒雙手的覺悟。」

「…………」

「作戰明天黎明發動。包括齊歐卡海兵在內，對方的體力應該比習慣野外紮營的我們消耗得更厲害……要是戰況拖延太久，咱們也將無以為繼。」

說完該說的話，薩扎路夫靜靜地轉身。他判斷眼前的部下需要一段時間整理心情——不過他快要走出帳篷時又忽然想到了什麼，最後補上一句忠告。

「你還是學學如何為求生存不擇手段比較好……我命令你休息到明天凌晨兩點。起碼現在暫時忘掉教徒的事，想想你的家人、或是乾脆想想心上人的臉龐吧。」

薩扎路夫穿越帳篷入口的布簾，這次真的離開了。馬修獨自留在帳篷裡，置身於連能不能活到明天都很難講的境況中，長官的最後一句話不由分說地激起了他的鄉愁。

「……爸……媽……」

馬修腦海裡浮現令人懷念不已的故鄉情景。沾著朝露閃閃發光的稻穗、溫柔微笑的父母面容。還有——最後浮現的女子面貌，令青年隔著衣服使勁握緊藏在懷中的護身符（羅盤）。

「……波爾蜜……」

當天深夜。就像要效仿率領他們的總帥的別名，懸崖下的齊歐卡軍不知道睡眠為何物地四處奔忙。

「——Mum。敵軍似乎打算等明天破曉時展開行動。」

在離斷崖有段距離的位置仰望敵陣，約翰托著下巴呢喃。

「我們也要加緊趕工。工兵的作業進度如何？」

「是，多半立刻——」

被問到的米雅拉環顧四周，正好有一名軍官往他們這邊跑過來。

「呼！呼！……報告！檢查已在方才完成！只要您一聲令下，隨時都能轉往注入作業！」

收到焦急等候的準備完成報告，白髮將領滿意地加深笑容。

「Syool——那馬上開始吧。但只要稍有疏失就會造成重大事故，作業現場務必要嚴禁菸火。」

「是，我們會徹底執行！」

「還有，安排不參加戰鬥的記錄人員。以這種形式運用揚氣的例子過去很少見，我認為這次的案例將成為寶貴的資產。可以從你的部隊裡適當找些人手嗎？」

「遵命！我會派人盡可能詳細的做記錄！」

那名部下收到追加的指示後，轉身往前跑去。連和戰鬥無直接關連之處都能一一顧慮到，展現了約翰的游刃有餘。當他拿出地圖對照眼前的地形，發現感興趣目標的阿納萊探出頭來。

「嗯，看來這個實驗的確會變得很有意思。根據我的預測……這裡、這裡，還有這一帶大概會殘留下來沒有崩塌吧？」

「Yah，我認為這一側也有可能。畢竟肉眼看不見地層內部，對這個領域的應用還欠缺經驗。」

「我們也來記錄結果吧。看樣子明天會忙翻了啊。」

約翰領首同意老賢者的話，望著部下們精力充沛地不斷幹活的背影。

那名軍官收到白髮將領的指示後奔回懸崖正下方，再度環顧由光精靈的周照燈映出的四周光景。

「……唔。」

映入他眼簾的是堆在附近地面上的大量沙土，和沙土堆另一頭隱約可見，以剜去桌狀台地基底的形式挖掘的水平長洞窟。為了讓士兵們進行作業，洞窟目前還外露一部分，但今天結束前將被完全掩蓋在沙土後。不僅如此，還能瞥見洞窟深處有一些類似木造骨架的物體，不可能是短時間內做得出來的。

「少將閣下批准了！各班進入作業最終階段！」

士兵們奉命揮動鐵鍬，掩埋為了進行內部檢查保留的沙土縫隙。在確保密閉的同時，沙土堆裡長長地延伸出幾十條樹脂製的軟管，全部連接著外面士兵的火精靈，好讓從火精靈兩手「火孔」發出的揚氣輸送到洞窟內。

「好——開始注入！」

依照軍官的命令，士兵們分別要各自的搭檔釋放揚氣。透過軟管靜靜輸送的氣體，開始在沒有出口的洞窟裡不斷累積。

次日清晨到來。被黎明微光早一步映照出的桌狀台地上，做好衝鋒準備的帝國兵們整齊地列隊。

「——時刻到了。」

在隊伍後方指揮的夏米優以嚴肅的聲調宣布時刻已至，接著向站在旁邊的臣子確認道。

「準備好了嗎？薩扎路夫准將。」

「……是，隨時都可以開始。」

薩扎路夫如此回答，望向背後——位於接下來要突圍的敵軍勢力反方向的陣地東側。率領部下負責殿後的馬修部隊就布署在那裡……儘管是威攝東側敵軍的必要安排，但這項任務偏偏指派給馬修，每個人自然都聯想到昨天軍事會議上一觸即發的緊張氣氛。

「很好——聽著，士兵們。卡托瓦納帝國第二十八代皇帝夏米優．奇朵拉．卡托沃瑪尼尼克在此發出號令。」

女皇流暢地告訴眾人。這並非單純的信號，而是挑明即將執行的殺戮主體，將自己這名暴君的存在曝露於光天化日之下的宣言。

「——嘶……」

她閉上雙眼，往肺部深深吸氣。兩年前——她親手殺害父親奪取皇位時曾經立誓，從今以後自己走上的道路無一絲正義留存。對於做出決定的夏米優而言，自戰爭中產生的罪愆與責任全部只屬於她。

她一點都不會讓給旁人，不會交由旁人背負——懷抱那股意志，她放聲咆哮。

「爾等眼所見者皆為仇敵——蹂躪他們！」

「「「「喔喔喔喔喔喔喔喔喔喔喔喔喔喔喔喔！」」」」

軍靴鞋底踏響大地，士兵們同時邁步前進。向一併掃蕩敵兵和本國國民的這一戰發進。

「——喔～喔！開始了！來勢洶洶啊！」

「那是當然了，他們已經沒有退路——展開還擊！」

同一時間，由艾露露法伊・泰涅齊謝拉率領的海兵們也立刻著手迎擊。

雖然憑藉她的存在堅韌地維持了士氣，但面臨這種狀況，海兵們臉上終究紛紛閃過恐懼與膽怯。

太母心想這也是無可奈何，比較了我方和敵軍的差異。

「裝備和熟練度都相去太遠。雖然為求心安搭建了路障……唉，頂多擋個十分鐘吧。」

「如果抓流亡者當擋箭牌，這數字說不定能延長一倍。」

「話是沒錯，但我們轉而攻擊時那些人就成了累贅。到頭來這麼做才是正確答案。」

到了這關頭，還有辦法冷靜地開玩笑的人只剩下艾露露法伊與葛雷奇。面對周遭士兵們求助的依賴眼神，「白翼太母」嫣然微笑。

「大家不必擔心。我非常了解，約翰．亞爾奇涅庫斯不是這種時候會失敗的人。」

艾露露法伊毫無迷惘地斷言。她深信不疑，那位已晉升至與她同階級，大概很快將超越她的白髮將領，是此一狀況的救世主。

「他是英雄。攸關同伴性命安危之際，正是他最大限度發揮實力的時候。」

帝國軍出發往西走下桌狀台地，帶頭部隊已和齊歐卡海軍展開槍戰，他們的優勢顯而易見。

「……很好，反擊威力沒超出預期範圍！行得通，就這麼硬幹到底！」

壓縮空氣的爆炸聲震耳欲聾。士兵們使用最新型膛線風槍進行壓制射擊，鎮壓拿舊式滑膛風槍的敵人。壓倒性的裝備差距造成必然的結果，他們甚至不打算給敵人爭取時間的機會。我要送部下們活著回到平地。薩扎路夫堅定地發誓，站在戰場上。

就像在嘲笑他的覺悟般，才開打沒多久他的背後就傳來一陣巨響。

「——？怎麼回事？」

他猛然轉身望去，發現台地另一頭揚起漫天沙塵。一頭霧水的薩扎路夫呆站著不動，在他身旁，女皇本來就緊繃的表情變得更加嚴厲。

「……嗚、嗚……」

繼巨響和震動之後，從未體驗過的劇烈墜落衝擊傳來。一名士兵無助地全身撞傷，發出痛苦的呻吟微微睜開雙眼。

「……嗚……到、到底發生了什麼……」

在他因劇痛而模糊的視野中，瀰漫的沙塵向上緩緩散去，不久後就顯露出破曉的天空。不，並非只有天空。他目光所及之處還有懸崖。雖然崩塌得面目全非——他正遙遙仰望著自己直到剛剛為止站立的台地。

「為、為什麼……！」

士兵完全無法理解狀況，但依然拚命想坐起身。然而他的嘗試還沒成功，就發覺有大量的腳步聲正穿越自己身旁。

「……啊、啊啊啊……！」

接著他看見了。在漸漸淡去的沙塵帷幕後，以他為中心的周遭一帶——有無數名齊歐卡兵正登上崩塌的斜坡。

「——什——」

懸崖上同樣是一片混亂。馬修愕然地俯瞰從他站立位置的數公尺前方崩塌的地面，保持跌坐在地上的姿勢，難以掌握現況。

「——這是、怎麼回事——」

眼前的景象遠遠超出理解範疇，足以把他這兩年鍛鍊出的應對能力化為烏有。這也是當然的——在軍事常識上，地形不會在一瞬間改變。明明沒有連日下雨造成地基鬆動，直到剛才為止都還確實存在的地面不可能轉眼間就塌陷。然而，彷彿在嘲笑這項經驗法則，台地面目全非的景象在馬修眼前展開。

如果可以的話，他想一直發愣下去。但從斜坡下方傳來的敵兵氣息，勉強將他拉回現實。馬修連忙站起身向部下們大喊。

「敵人來了……！後援部隊立刻出動！保衛懸崖邊的前衛部隊崩潰！阻攔敵軍的懸崖消失了！」

「——Ｈｕｍ，表現平平。成果大約是七十分吧。」

從一段距離外眺望部分區域崩塌的敵陣，約翰冷靜沉著地評論結果。

「即使沒有爆砲，也能以這種方式運用揚氣。供兵力通過的道路已經打通了。只要剷平突出的懸崖，桌狀台地和普通的山丘並無差異。」

由於結果與事先預期相去不遠，對他而言沒什麼值得驚訝的。不，不只如此——沒發現任何顛覆預測的因素，甚至令他略感失望。

「無論如何——老實說帝國軍真是粗心大意。從北域方面戰爭以來，這一帶不是落入我方控制超過兩年以上了嗎？就算走投無路時找到適合打防禦戰的地形，毫不懷疑背後有沒有陷阱未免太過樂觀了吧？」

「——後排部隊，掉頭到懸崖邊！阻擋東側的敵軍！」

儘管未能完全理解發生的狀況，夏米優依舊發出最妥當的指示。她僅僅了解對手用某種方法剷平了桌狀台地的一角，咬緊牙關壓下內心的不安。

「敵軍應該沒配備爆砲才對……！是以其他方式運用揚氣的機關嗎？不過，威力居然大到能一瞬間改變地形……！」

在她思考的時候，陣地東側已和企圖登上台地的敵兵展開戰鬥。薩扎路夫目睹那一幕後也回過神來，表情立刻僵住。

「陛下，糟了……！這樣的狀況和在山丘上遭到包夾是一樣的！」

「嘖……！」

「──你看，和我說的一樣吧？」

望著敵軍因為背後上演的異變東奔西竄，艾露露法伊一派理所當然地聳聳肩。

「繼續射擊。不必考慮更進一步的攻擊。只要讓敵人實際感受到正被前後夾攻，包夾就算成功了。暫時先維持槍響不斷即可。」

發出指示讓對於狀況變化啞口無言的士兵們回神後，她沉吟著哼了一聲。

「到了這個地步，接下來只是時間的問題。需要擔心的是敵軍進退維谷之際企圖強行突圍，發生的話就堅持一下然後讓路吧。後續的追擊工作交給約翰他們就行了。」

「他們也有可能派出分遣隊護送女皇逃走。要趁現在布署包圍網嗎？」

「不需要，阿力歐交代要放過女皇。她是站在我們這一邊的──無論她本人有沒有自覺。」

艾露露法伊以毫無暖意的聲調說道。葛雷奇臉上流露出一抹難以言喻的不悅。

「真夠噁心的。連敵國皇帝都任憑執政官閣下操縱啊。」

「我並不打算任他擺布……然而說歸這麼說，卻也沒自信能逃出他的掌心，這正是那個人可怕的地方。」

白翼太母嘆了口氣，指尖輕輕撫過一旁的米扎伊的羽毛。

「陛下，照這樣下去狀況將持續惡化！趁現在損傷尚淺，請下決定強行突圍！」

面對敵軍自前後包抄，薩扎路夫的聲音也焦慮地變了調。夏米優體認到自己正面臨絕望的抉擇，向部下問道。

「如果維持背後遭到射擊的狀態下山……抵達山腳時會死多少士兵？」

「……無法估計。但是……不這麼做，我軍將在此地全滅。」

除了這麼回答，薩扎路夫已無計可施。女皇滿臉苦澀。要抱持犧牲的覺悟強行突圍？或是選擇很可能導致全滅的後退？——面對沒有時間深思熟慮的二選一抉擇，她彷彿要尋求光明般眺望眼前的狀況。

「——？」

此時，女皇發現一個異狀。就在臨時搭建起路障防禦戰鬥的海兵背後，不參與戰鬥旁觀情勢發展的教徒們躲避流彈的角落。

「——等等。那個是——」

「戰鬥開始了……」「……好危險……」「我、我們可以藏起來吧？交給齊歐卡的人應付不要緊對吧……？」

教徒們手持徒具形式的武器，躲在岩石陰影後小心翼翼地觀看戰況。他們藏身於山脈上寶貴的水源周邊，這裡是流經平地的河流源頭。

「長期露宿野外，累死人了……真想在有屋頂和床鋪的地方好好睡一覺。」

緩緩流過岩縫間的水流，與其說是沼澤更像條小溪。這並非水源乾涸，如果回溯河川的源頭，最初的水量大多屬於這種程度。話雖如此，到下游一點的地方就另當別論。幾股湧泉交會後，河川的水量漸漸增加。在多雨的季節變寬的河道會加速地面的侵蝕，相對的等水位降低露出河床時，就形成天然的道路。

儘管此處的水量不多，身邊有水源對他們來說值得慶幸。一位教徒將同伴托付給他的水壺汲滿，突然若有所覺地望向下游。

「……？剛剛好像有……腳步聲……？」

男子沒想過那一頭會有同伴，疑惑地皺起眉頭。此時剛天亮不久，空氣中瀰漫著濃霧。他瞇起眼試圖看透蒙著白霧的空間——一大群身穿軍服的鬼魅忽然充斥了整片視野。

「……嗚喔？」

那群人無視男子的存在，如履平地的在崎嶇難行的岩地上前進。那當他察覺那些人並非鬼魅，而是擁有血肉之軀的帝國兵集團時，背後已傳來同伴們的驚愕叫聲。

「什！嗚！啊——」

「帝、帝國軍……？究竟從哪裡出現的！」

艾露露法伊也很快地注意到後方教徒之間出現的異狀。

「——後面有狀況！葛雷奇！」

「這就過去查看！」

相貌凶惡的海兵隊長立即回應並展開行動。他與部下們一同前往後方，原本待在那裡的教徒們反倒湧了過來。葛雷奇用手推開人潮向前走，同時揣測著情況。

「那些流亡者臉色大變地逃過來。八成是分遣隊的奇襲——就算是分遣隊，至今都沒被逮著的話人數想必不多。大伙，迎擊敵兵！」

海兵們聽令替風槍和十字弓上了刺刀。葛雷奇和部下們一起對還看不見的敵兵鼓起鬥志，此刻卻突然察覺自己的身體出現異狀。

「……這是、什麼？為何會這麼……」

他握著槍柄的手正微微顫抖，雞皮疙瘩從手上一路蔓延到全身，一顆心正冰冷地下沉，與平常為近在眼前的戰鬥情緒高漲的反應完全相反。不愉快的是，他記得這種感覺。那是過去僅有一次的體驗。

接下來的景象，毫不留情地證明他的感覺十分正確。

「——什——」

敵軍蜂擁而來。劍光在部隊前頭閃過。利刃斬落的斷肢飛向半空。部下們沒有機會做出任何反抗就一一喪命。

「——疾！」

「——最強之劍(伊格塞姆)——！」

面對造成這一切的雙刀戰士——葛雷奇領悟了一切，當場凍結。

迎擊毫無實現可能。「白刃的伊格塞姆」率領的部隊轉眼間擊潰攔住去路的海兵集團，揚長而去。絕對的死亡氣息緊鄰身旁掠過，葛雷奇打從心底顫抖起來。他之所以勉強保住一命，僅僅是因為他碰巧不在雙刀的行進路線上。

「撤——撤退！撤退！撤退撤退撤退～！」

目睹人生第二次經歷的絕望，他的思緒轉瞬間就傾向逃跑。葛雷奇召回周遭的部下們，立刻掉頭趕回長官身邊，不由分說地一把抱起愣住的白翼太母。

「哇！——怎、怎麼了，葛雷奇？發生了什麼事！」

「有怪物衝進來了！咱們的裝備是借來的舊式武器，地點甚至也不是在海上，這樣子對上他純粹是自殺！趕緊翹頭才是對的！」

「怪物……？可是敵兵人數應該不多吧？雖然不知道他們是從哪裡跑出來的，主要的山路都由我們把守著！不至於輕易落了下風——」

「問題不在於人數！絕不能跟那傢伙打白刃戰！」

昔日被炎髮少女烙印在心頭的恐懼，在山上決定了他的行動。葛雷奇抱著白翼太母拔腿就跑，行動時沒有一絲猶豫和遲疑。

「——疾～～——！」

帶頭的炎髮劍鬼殺出一條血路。他奮勇殺敵的表現宛如伊格塞姆之名的體現，仔細一看卻能發現摻雜了異物。更精確地說，是趴在他的背上。

「…………！」

那人缺了一根指頭的雙手拚命緊抓住劍鬼，以免被那超乎尋常的敏捷動作甩下去。他趴在劍鬼的背上監視戰局，甚至對下一步行動發出指示。

「——敵軍被擾亂了！請直接跑上台地！」

「了解——！」

男子立即回應指示向前奔跑。跟在後面的部下們也使出全力飛奔，以免被那道背影拋下。

目睹前往迎擊的海兵被擊潰時，夏米優確定了這個變化對己方有利。

「──友軍，那是友軍！我們也得派人支援！托爾威！」

「遵命！」

狙擊兵們奉女皇的要求前往支援。那群神祕的友軍正在穿越敵方集團前來台地，來自敵方的射擊正從他們背後接近，卻被托爾威等人精準的壓制射擊遏止。不再有後顧之憂的友軍呈一直線向他們奔來。

「對，就是這邊！筆直地爬上去！」

翻越漫長的斜坡後，士兵們終於抵達台地上。薩扎路夫推開部下們走上前，尋找對方的指揮官。

「你們來得正好……！不過你們究竟是哪裡的部隊？指揮官的所屬單位和姓名是──」

薩扎路夫的盤問到此中斷。因為一名足足比他高出一個頭有餘的炎髮男子現身，佇立在他面前不動。

「……元、元帥閣下……？」

「並非如此。」

和薩扎路夫的驚訝相反，索爾維納雷斯．伊格塞姆簡短地否認。這讓他感到更加困惑，只見一個人影從劍鬼的背上下來。

「伊格塞姆榮譽元帥是副官，指揮官是我。因為地形不佳，沒辦法帶馬匹過來──好久不見，薩扎路夫少校。不，聽說你升任准將了。」

從一旁的部下手中接過拐杖挺直身軀，青年補上一句「恕我失禮」後以左手敬禮。由於需要用位於負傷左腿另一側的手拿拐杖，他敬禮時也不得不用左手。薩扎路夫顫抖地雙眼圓睜。

「我的所屬單位是帝國陸軍獨立全域鎮台『旭日團』，姓名是伊庫塔·索羅克，擅自率領一營步兵前來此地直接支援，請准予與大部隊會合。」

當喜悅與驚訝同時湧現，會令人說不出話、腦袋一片空白。薩扎路夫無法思考地呆立原地不動時，翠眸青年從他背後衝了過來。他也一樣，面對兩年未見的好友除了呼喚對方的名字之外什麼也說不出來。

「阿伊……！」

「你也好久不見了，托爾威。不好意思——現在先讓我過去好嗎？」

黑髮青年道歉之後，拄著拐杖走在士兵之間。儘管微微拖著左腳，他還是加快腳步——不久後就見到了他尋找的對象。

「……索羅……克……？」

面對應當不在這裡的青年，女皇的時間徹底暫停。映入眼簾的景象缺乏現實感，使她甚至懷疑自己是否神志清醒，眨了好幾下眼睛。

彷彿要消除她杞人憂天的懷疑，青年輕輕伸出手。

「——妳平安無事。」

缺了一根手指的左手溫柔地沿著她的臉頰撫過。夏米優動彈不得。她害怕隨便亂動這場夢就會結束，除了接受他的指尖做不出任何反應。

「對不起，我來遲了。對不起，一直放妳孤單面對。不過——已經不要緊了。我再也不會容許任何人傷害妳。」

伊庫塔・索羅克如此告訴她，展開雙臂緊緊擁抱她的身軀。用肌膚感覺那股體溫與心跳，溫柔地包覆她的孤獨……他懷抱無垠的關愛以全身去感受、疼愛，肯定活生生存在於此處的少女夏米優，彷彿要打從心底接納她。

「與她未曾死去的意志同在，我——發誓保護妳免於世上所有惡意的侵擾。」

「——敵方有援軍抵達？來自西側？」

約翰接獲報告後思考了幾秒鐘，好像想到什麼似的攤開地圖。米雅拉則連同他應有的反應一起驚訝地瞪大雙眼。

「怎麼可能——援軍是從哪裡冒出來的？周邊的山路都有我方的熱氣球監視，不可能沒發現他們靠近。」

她直率地表明狀況有多離奇。但她身旁猛盯著地圖的白髮將領，在不久後便找出這疑問的答案。

「……山澗……」

「咦？」

「……為何沒有注意到。有山澗，就等於有路通往那裡。」

山澗源流流經敵陣西側，即便是他也不清楚蜿蜒的水流流向何處。想全面掌握廣大的大阿拉法特拉山脈地形，齊歐卡占領的時間還太短了。然而——約翰重新回顧，發現有一群人可能清楚。

「……席納克族……」

長年居住於大阿拉法特拉的山地部族。如果知道逆溯溪山澗是登山的方法之一，就可以向他們打聽詳情。約翰認為來自西側的敵方援軍應該正是這麼做的，從在北域動亂後下山的席納克族口中獲得關於地形的情報。

敵軍裡有人發現了這種在特定情況才能通行的捷徑，約翰·亞爾奇涅庫斯卻察覺——這項事實對他來說非常嚴重。

「——通知前線軍官，從現在起由我直接指揮部隊。」

「咦——約翰，這……」

「立刻通知他們，米雅拉。」

依然瞪著地圖的白髮將領斬釘截鐵地說。見他緊繃的側臉，米雅拉跳起來敬禮後奔出帳篷。

負責保衛陣地東側的馬修，比其他人晚了一點才收到他前來，不，歸來的消息。

微胖青年在部下的催促下轉過身，一看見站在前方的身影就先抬起手背揉揉眼睛。他當真擔心，這是自己陷入絕境瀕臨瘋狂而產生的幻覺。但不管揉幾次眼睛，對方的身影都沒有消失，甚至還對他投以令人懷念的微笑。

「……伊庫塔……？」

「抱歉我來晚了，吾友馬修。我不小心睡過頭啦。」

馬修目瞪口呆地走過去，小心翼翼地將發抖的雙手搭在對方肩頭。光靠眼睛和耳朵他還不敢相信，但是當掌心感受到對方的瞬間，他終於承認伊庫塔．索羅克確實存在。

「……有夠慢的……兩年耶……你究竟睡了多久啊……」

手指緊抓著對方的肩膀，馬修無從克制地當場低下頭。

「嗯……」

「……我擔心你再也不會回來……擔心你再也不會清醒……我……我可是……！」

水珠滴滴答答地落在臉龐正下方的地上。馬修終於發覺——自己有多走投無路、這兩年的日子是何等艱辛。伊庫塔也體認到，自己的缺席害得朋友如此深陷困境。

「就算是我也深刻地反省過了……我打算往後一個月都不睡午覺，當作一點補償。」

「這補償也少得太沒誠意了吧！才一個月而已嗎！」

馬修哽咽地嚷嚷，抓住他的雙肩猛晃。伊庫塔依然面帶笑容地承受下來，悄然說道。

「真的好久沒像這樣子被你吐槽啦——」

不再猛搖他的肩膀後，馬修還是有好一陣子都沒法抬起哭得涕淚縱橫的臉龐。等待他復原的期間，伊庫塔先一步談起戰況。

「——不必嚴加防備來自西側的攻擊。我們過來這裡的路上大肆擾亂了一番，那邊的敵軍暫時應該會裹足不前。根據我的推測，那批兵力是逃離俘虜收容所的齊歐卡海兵吧？在投入不熟悉的山岳戰疲憊不堪時遭遇伊格塞姆元帥的洗禮，可是傷亡慘重。往後的戰鬥中，他們應該缺乏足夠的動力主動出擊。」

伊庫塔先從好消息說起，為對方漸受敗象影響的意識激發出積極性。接著又重新望向東方。

「問題在於東側——那些企圖登上台地的齊歐卡陸軍。他們裝備齊全、士氣旺盛，再加上……從懸崖崩塌的方式來看，應該準備了大規模的機關。」

聽到這番話，馬修勉強抬起頭來。儘管眼皮紅腫，其他方面已漸漸恢復他平常的樣子。伊庫塔．索羅克歸來的事實，比什麼靈丹妙藥都更有效地治癒了他的心。

「……我才剛聽見腳邊有低沉的滋嗡聲響起，地盤轉眼間就崩塌了，完全不清楚發生了什麼狀況。沒有爆砲也辦得到這種事嗎？」

「嗯～多半可以。敵軍大概原本就在懸崖下挖掘了寬廣的洞窟，放上木材骨架做支撐。然後在洞窟內灌滿揚氣以後點火，轟隆一聲！炸壞支撐地盤的木材，上方的懸崖就一併塌陷……機關的布置應該是這樣吧。」

「……這代表敵軍早在戰鬥開始前，就料到正在撤退的我們會暫於此地布陣嗎……可惡！」

發覺中了敵軍的計，馬修不甘心地咬牙切齒。看出他的優點之一，那股不服輸的好強精神依然沒變，伊庫塔露出有力的笑容。

「就算輸了一著，後面再討回來就行了。如今的我們有能力做到──首先要把敵兵打退。雖然桌狀台地崩塌了，我們依然占據著身處高地的優勢。只要沒遭受包夾就能保住陣地。」

他說到此處，忽然轉身對在背後關注情況的翠眸青年開口。

「還有托爾威，你把頭湊過來。」

「咦？嗯──好痛！」

等托爾威走到眼前，伊庫塔以中指狠狠彈了他的額頭一下。原本神情緊繃的青年霎時間雙眼泛淚，伊庫塔猛然將臉龐湊了上去，雙手還包住他的臉頰。

「你現在的表情，是我特別討厭的英雄嘴臉。我一眼就看出來了。你認為自己非得設法解決問題，獨自背負了一切對吧。」

「……啊……」

聽他指出癥結，青年雙眼圓睜……被肩負時代的重責所迫，托爾威．雷米翁甚至忘了向同伴求助，埋首於孤獨的戰爭中。伊庫塔的話解開了他的心結，找回托爾威原來的面貌。不是槍兵的統率者，而是屬於一名溫柔青年的面貌。

「既然發現到了，就把責任分擔出來。快點想起來──你現在並非孤軍奮戰。」

這番話令托爾威想起——騎士團成員們才剛結識時，他曾為了第一槍沒命中齊歐卡兵陷入沮喪，炎髮少女也這樣激勵過他。

根據自己辦得到和辦不到哪些事來思考，全力達成分配的任務，該求助時就毫不遲疑地拜託同伴。自從失去兩大支柱以來，青年長期遺忘了這項昔日騎士團全體成員理所當然遵守的原則。不過——又於此刻再度拾起。

「沒錯，這樣就對了——接下來，是我們『騎士團』的戰爭。」

伊庫塔帶著大膽無畏的笑容宣言。托爾威忽然覺得，炎髮少女彷彿還是和從前一樣站在他的身旁。

有著哈洛臉孔的女子，從帳篷內遠遠地眺望騎士團以伊庫塔的復活為契機迅速重生的情景。

——看來風向要變了？

援軍出乎意料地到來，為已呈敗象的帝國軍帶來很大的希望。著名的伊庫塔．索羅克加上榮譽元帥索爾維納雷斯．伊格塞姆。有這兩位特別的軍官參戰，足以令士兵們產生逆轉局勢的期待。

——在他們兩人面前，畢竟無法輕舉妄動。

這麼一來，派特倫希娜行動時需要遠比先前更加謹慎。看見造成問題的青年走過來尋找她的身影，女子做個深呼吸後主動在他面前現身。

「……伊庫塔先生……？」

開口第一句話，她便忠實地重現了哈洛的驚訝方式。從睜大眼睛的方式到手腳的顫抖，都完美地摹寫了哈洛在這種狀況下將展現的反應。在那擬態前面，伊庫塔露出微笑，看來沒產生一絲疑心。

「嗨，哈洛。我回來了。抱歉，離開了這麼久。」

青年一開口回答，女子就主動奔上前握住他的手。她一次又一次握緊對方缺了一根指頭的左手和五指俱全的右手，彷彿要確定他的存在。

「……就是說啊……！足足兩年，已經過了足足兩年……！」

將時光的流逝說出口的瞬間——溢出的淚水自她眼角滑落。

——咦？

派特倫希娜心中有些納悶——只要她有意，要表演假哭流淚當然隨時都辦得到。偽裝出某些感情，對她來說比呼吸還要簡單。可是，剛才的眼淚並非虛假。她還沒表演起重逢的感動，淚水便自然地奪眶而出。

——……喔～看到這傢伙回來，哈洛是真的很開心。

從理解到這一點起，派特倫希娜就對眼前的男子產生不小的興趣。不過她當然沒有流露在臉上，而是一邊恰到好處地表現出符合哈洛反應的舉止，一邊仔細觀察這名現在的人格首度遇見的人物。

「……真叫人吃不消。從剛剛開始，我每次一開口就會惹哭什麼人。」

「要我哭滿一水桶的眼淚都行！因為、因為伊庫塔先生你回來了……！」

漸漸分不清自己說出的話是不是在演戲，女子對這種狀況感到一絲困惑。這也是派特倫希娜第一次有這種感覺。此時——伊庫塔問起在她軍服縫隙間隱約可見的白色繃帶。

「——妳的肩膀受傷了？」

「啊……是的，不過只是小擦傷而已。我身體健壯。更重要的是陛下沒有受傷，這才叫我安心。」

「我相信妳的包紮處理不成問題，但傷口萬一不小心化膿就嚴重了。不要逞強，好好靜養吧。這邊的事情就包在我身上。」

「真高興聽你這麼說，但我可不能休息。方才的戰鬥又造成很多傷患，正是醫護兵需要努力支援的時候！最重要的是——相隔許久之後，又有機會和伊庫塔先生一起並肩作戰了！」

面對她作為哈洛無可挑剔的回答，伊庫塔略帶苦笑地頷首。

「那麼，至少把直接的照護工作交給部下負責。妳的傷口在肩膀上，不適合過度使用手臂。抱歉，這是命令。」

「既然是命令也只能聽從了……我明白了，我會照辦的。不過如果伊庫塔先生受了傷，我可不會手下留情喔。到時候請認命接受治療吧。」

這段慶祝重逢的瑣碎平凡對話，自始至終都沒有一絲不對勁。

「好了，到總部帳篷去吧。」

所有騎士團成員齊聚一堂後，伊庫塔和他們一起前往伊格塞姆元帥和薩扎路夫正在等候的軍事會議場地。但夏米優在半路上看出他的步伐不穩，關心地詢問。

「索羅克。你的腿……」

「和妳看見的一樣。雖然有點跛，靠拐杖輔助走路不成問題，只是很難像從前那樣蹦蹦跳跳了──」

伊庫塔一邊說明一邊與少女並肩而行，用力握住她的手。

「──從現在起，儘可能別離開我身旁。可以嗎？夏米優。」

「────唔、嗯。」

聽到青年以前所未有的有力口吻這麼說，夏米優胸中不禁掀起一陣動搖……他對待她的態度出現很大的變化。從重逢時立刻被他擁入懷中開始，她一直感受到這一點。

無視於少女急促的心跳，帳篷裡軍官們都到齊了。伊庫塔站在他們面前堂堂地開口。

「讓各位久等了，現在召開軍事會議。從今以後，我打算擔任此地的全軍總指揮──不介意吧，薩扎路夫准將閣下。」

薩扎路夫聽到之後，活像被人拿槍抵著一樣舉起雙手，嘴角卻浮現難掩的笑意。

「……我舉雙手贊成。到了這個節骨眼還要求我擔任指揮的傢伙，不是笨蛋就是惡魔。」

「准將在這方面完全沒變，真是太好了。」

青年和對方一樣露出惡作劇似的笑容點點頭，視線轉回正前方。

「既然交接完畢，那就立刻切入正題。首先來確認現狀。目前，我們率領約四千兵力布陣於寬廣的台地上。敵軍分據東西兩側，西側為逃離俘虜收容所的兩千名齊歐卡海兵及包含武裝者在內的阿爾德拉教徒一萬多人，東側為齊歐卡軍和阿爾德拉神聖軍聯合部隊約三千人。老實說，我們正處在包夾狀態，但是——」

並排的軍官們認真地傾聽著，以免漏掉一句伊庫塔．索羅克相隔兩年後再現的精彩論述。

「——我可以斷言，西側的前俘虜和教徒集團往後不會積極發動攻勢。舊式滑膛風槍的遠距離射擊效果有限，他們的鬥志也沒強烈到足以拉近距離展開白刃戰。如果我方主動進攻就不在此限，但暫時可判斷對方將保持消極的守勢。」

「真是如此嗎？敵軍一樣走投無路。哪怕勝算不高，沒有其他選擇時也可能自暴自棄地衝鋒過來吧。」

馬修不客氣地指出他對這番推測產生的疑問。伊庫塔一臉喜不自禁地接受指謫，馬上補充說明道。

「的確沒錯，馬修。如果沒有其他選擇的話。不過現在他們抱有希望。他們知道在另一側包夾我們的友軍正趕過來，因此心態會傾向等待援助。得知我方有伊格塞姆這張鬼牌在手，更會加重他們裹足不前的態度。」

「我認為你對他們的心理分析是正確的。可是，如果另一側的齊歐卡軍給了他們行動指示呢？依照齊歐卡軍的風格，兩邊應該確保了某些聯絡手段。」

托爾威也提出意見。看出兩人這兩年來培育出的自主性，黑髮青年愉快地往下說。

「我也有同感。但基於這個前提，我仍確信西側敵軍不會魯莽地衝鋒過來。因為我在那邊陣營裡認出了齊歐卡海軍少將艾露露法伊．泰涅齊謝拉的身影。」

「就是在尼蒙古港的海戰逼得我們苦戰的對手啊。在我眼中她是難以對付的強敵，但你並不這麼想嗎？」

「她當然是不容輕忽的對手。正因為如此，齊歐卡應該想把她平安無事地救回去。我認為奪回艾露露法伊．泰涅齊謝拉，是齊歐卡這次謀畫的戰略目標之一。」

伊庫塔大膽地分析敵軍。薩扎路夫沉吟一聲抱起雙臂。

「從齊歐卡方面至今在換囚一事上的策略運用，也看得出對她有所執著。以我個人的立場，並不想放她回齊歐卡——理由一半是她作為將領的威脅性，另一半則出於個人的感傷。無論如何，她的存在應當是齊歐卡計畫這次企圖的重大原因之一。」

「原來如此。既然齊歐卡希望奪回艾露露法伊少將，在這個局面就無法要求她做出冒險的行為。就是這樣對吧。」

「間接的工作不在此限，因此當然還是必須防備他們的行動。現在重要的是，可以根據這項估計削減壓制西側敵軍的兵力數量。」

「等一下，你沒忘記一個重要因素嗎？陛下在這裡喔？」

薩扎路夫開口說道。從被審視有無錯誤的立場回歸負責指出錯誤的立場，他的言行舉止也多了幾分熱切。

「豈止在這裡的勝敗，陛下很可能是決定三國間戰爭勝敗的因素。不管多麼優秀，救回一介高階軍官的重要性也無法和陛下拿來比較。考慮到這一點，我認為齊歐卡方面就算命令西側那些傢伙立刻發動突擊也不足為奇……」

為了回答他的疑問，伊庫塔花了幾秒時間斟酌言語。

「唔……准將。你認為齊歐卡期望的勝利形式是什麼？」

「咦？那還用問……不是打垮我方的軍隊一口氣鎮壓帝國全土之類的嗎？」

「沒錯。無論過程如何，齊歐卡最終希望將帝國的一切盡收手中。以這一點作前提，在此地對夏米優動手是上策嗎？」

面對連想都沒想過的反擊論點，薩扎路夫面露困惑。軍官們的目光聚集到少女身上。

「齊歐卡應該也知道她正憑藉個人領袖魅力統治國內的現狀，包括這是在危險邊緣勉強維持的秩序在內……現在和昔日伊格塞姆充當堅定基石的時代不同。一旦失去夏米優這位君主，帝國將即刻陷入無法倒退的無秩序狀態。」

女皇靜靜頷首。身為一國之君，她比任何人都更加理解那個事實。

「齊歐卡也不希望那種狀態發生。若帝國在此一階段進入群雄割據的戰國時代，分裂的國土將立刻荒廢，降低占領可獲得的好處。齊歐卡至今建立的對外政策也得從頭重建，深陷在與分為小股的各方勢力之間的長期戰爭中。當我們專注於眼前的戰鬥時容易遺忘……對所有國家來說，戰爭並不是只要拿下勝利就可以的。

我十分篤定，齊歐卡沒有在這裡危害夏米優的意圖。不只無意加害，甚至不想擒獲她。因為一旦被敵軍俘虜，君主的向心力將一落千丈。」

「那……情況會怎麼樣？難道敵軍不再進攻了？」

馬修抱著一絲期待發問。伊庫塔閉起眼睛搖搖頭。

「沒那麼簡單。根據上述內容，往後的發展必然的只有一個可能——」

「——接下來連續戰鬥幾天，在敵軍的焦躁與疲勞到達頂點時提出談判。」

在東側的齊歐卡軍陣地內，軍官們也正召開議論今後方向的軍事會議。幕僚們側耳傾聽掌握主導權的約翰提出的方針。

「要求當然是毫髮無傷地引渡泰涅齊謝拉少將率領的第四艦隊全體人員及教徒們，只要承諾以停止後續追擊作為交換條件即可。被逼得走投無路的帝國軍將不得不接受——哪怕我們進一步追加要求也一樣。」

白髮將領說到此處暫時打住，抵著下巴思索。

「Mum，至於具體的要求……之前應付我方追擊的那一支英勇善戰的狙擊兵部隊，人數大約是一個營吧，『招待』他們所有人前往齊歐卡如何？加上那群看不見的槍兵，齊歐卡軍將更加穩如磐石。一開始他們也許會擺出不合作的態度，但這個問題將隨著他們認識我國的優點逐漸改善。」

約翰若無其事地提出大膽又傲慢的要求。如果敵方那邊有優秀人才，那就招攬到我方來——他在這方面想法上的靈活與強硬，可以說是和那位收養他的執政官學來的。

「說歸這麼說，如意算盤先打到這裡為止——眼前的問題，是往後幾天能夠給敵軍造成多大的損害。那個結果直接關係到談判時能逼出的條件。到時候敵軍愈是陷入絕境，我們的態度就能愈加強硬。」

意識到白髮將領打算在數天後向敵軍提出高得令人恐懼的條件，軍官們倒抽一口氣。

「正因為如此，作戰要由我直接指揮。一方面有未知部隊參戰，敵方接下來將用盡一切手段謀畫反擊。我們必須擋下他們所有的反抗——」

「——為了在談判桌上占上風，敵軍將猛攻直至我方瀕臨潰不成軍。從今天開始的幾天裡，絕不能有片刻疏忽大意。正因為如此，分出太多戰力去壓制西側敵兵就會堅持不住。」

伊庫塔表示。如何節省兵力的浪費，將兵力安排在刀口上——如果在這方面出了大錯，那就連防衛戰都打不成。

「再補充一下，維持現狀等於我方戰敗。想要逆轉戰局勝敗，必須以反擊敵軍的攻勢給予痛擊才行。」

「……辦得到嗎？」

「這便是我人在此處的理由，吾友馬修。」

青年無所畏懼地笑著回答。彷彿受到他的自信刺激，其他軍官眼中也充滿了活力。派特倫希娜在一段距離外望著他們的樣子，感覺到了威脅性。

——這傢伙很危險。

她承認，伊庫塔·索羅克參戰對士氣的提振效果超出預期。再加上他大幅提升帝國軍陣營在戰術層面的水準，那就不得不把自今天起的帝國軍視為和昨天為止截然不同的部隊。

——我必須通知不眠這邊的作戰計畫。真想著手確保聯絡手段，但是——

而她的活動，也隨著狀況變化更添重要性。在雙方勢均力敵的戰場上，間諜帶來的情報很可能成為決定勝負的關鍵。派特倫希娜一向能將情報確實送達，然而……

——我不認為他沒猜出有內奸存在。輕舉妄動將露出馬腳。

無論如何都要避免輕率的行動。以哈洛身分生活的記憶讓她深知黑髮青年是多麼深不可測，就算只有一度露出破綻，都很可能被揭穿真面目。

——我可不想被那對雙刀砍掉腦袋。就算得迂迴繞遠路，行事也要慎之又慎。

需要防備的對象不只伊庫塔一人。她還能期待青年對自己人不抱戒心，但是索爾維納雷斯·伊格塞姆連這種可能性都沒有，一旦引發他的疑心就萬事皆休。

——終於展開正統的諜報戰了。呵呵呵呵呵呵！

軍事會議結束後，伊庫塔向同伴們說了聲「我需要一點時間」，與女皇一起走向她的專用帳篷。儘管心裡驚慌失措，少女努力故作平靜地帶他進起居室，至於伊庫塔本人，則對她的緊張滿不在乎地在帳篷裡走動。

「呼……讓我坐下來歇會。即使拄著拐杖，長時間站立還是有些難受。」

青年說完後便在女皇的床沿坐下。然而對如今的夏米優來說，連那傲慢的態度都令人懷念到想落淚。

「我想跟妳說一點認真的悄悄話，妳可以靠過來嗎？」

伊庫塔保持坐姿向少女招招手。夏米優煩惱了一下，準備與他並肩坐在床邊，青年卻搖搖頭伸出手。

「那樣太遠了。來，到這邊來。」

「——？」

伊庫塔輕輕一挪少女纖細的身軀，讓她坐在自己的雙膝之間。

「嗯，這樣才好。」

「嗚——！」

意識到自己幾乎被他從背後擁進懷中，少女的心臟猛然一跳。青年的體溫透過衣服傳來，甜美

的麻痺感充斥全身，令她難以思考。所有自制力險些一掃而空，唯獨渴望更強烈地感受到對方的慾望無止境地高漲──

「索、索羅克──」

「──直接聽我說，夏米優。我方陣營裡有內奸。」

這句話對少女發暈的腦袋當頭潑了一盆冷水。她心中浮現的所有慾望需要戲劇性的撲滅，但人類的心很難驟然調轉方向。夏米優的心未能徹底甩脫理智和情緒地懸在半空，感覺到視野一陣暈眩晃動。

「內奸恐怕潛伏在校級以上的高階軍官之中。妳應該也隱約察覺到了。若非如此，也不至於被逼進當前的困境。」

「……我、我我、我考慮過這種可能性。可、可可、可是──」

「我明白，在這種狀況下搜查犯人，將導致大家疑心生暗鬼而徹底崩潰。所以這個消息我打算只告訴用不著懷疑的人。妳也別說出去。」

「我、我我我、我知、道了。不──不過，說到用不著懷疑的人……比方說，像像像是騎士團的大家……嗎？」

少女用不聽使喚的嘴唇勉強反問。她借用確認形式說出了自己的願望，迫切地盼望不必去懷疑騎士團的成員們。

伊庫塔愣了一下，然後發出苦笑。

「——那還用問？難道妳以為馬修、托爾威或是哈洛會通敵外洩情報？夏米優，那妳的疑心病還真重……」

「我、我才、沒那麼想過！只是為了慎重起見做個確認！」

「是嗎，那就好。」

談話到此結束，伊庫塔擁抱少女的手臂加重力道。身體與身體更加緊貼在一起，「呀啊！」夏米優發出變調的驚叫。

「還、還有什麼事要暗中商量的嗎……？」

「不，沒有了。」

「那那、那麼！保持這個姿勢有什麼含意……！」

「沒什麼含意……我想抱緊妳所以就行動了。只是這樣而已。」

「～～～～！」

青年補上的追加攻擊，讓夏米優啞口無言地掙扎著。面對毫無曲解餘地傾注向自己的善意，她一點抵抗力也沒有。

疼愛地看著她的每個反應，黑髮青年將臉頰輕輕貼近懷中的少女心想。

——就是這個吧，雅特麗。這是妳一直以來想給予這孩子的關愛。

兩年前的他做不到同樣的事。當時的他無法不摻雜任何諷刺和矛盾，如此直率地關愛眼前的少女……直到將她的心納入胸中，他才終於辦得到。

——這便是父母心嗎？

伊庫塔甚至這麼覺得，非常自然地下定決心——往後無論發生任何事，他都要接納並包容少女。這是伊庫塔和雅特麗在最後一瞬間共同的心願，如今那一切已融入他的內在。因此，再也沒有多餘的事物干擾他實現心願。摻雜諷刺的恭敬口吻、為保持距離而稱呼她公主——這些都在他決定無條件地關愛夏米優時起結束了原本的作用，極度自然地從他的言行舉止消失。

「……嗯。再保持這樣一會吧。」

伊庫塔喃喃低語，手指溫柔地梳過少女的髮絲，指尖觸碰她泛紅的耳朵，像在把玩似的掂起柔軟發熱的耳垂輕彈。他別無他意地給予的甜蜜刺激，將夏米優瀕臨極限的理智一掃而空。

——她再也無法忍耐了。

一直以來壓抑著的思慕一口氣湧滿溢而出，少女陷入瘋狂。想對他做的與想要他做的無數舉動在腦海裡浮現又消失，每次都伴隨異樣的熱力流竄全身。

——兩年。足足兩年以來，她一直向始終沉默的他攀談，持續對毫無反應的人尋求回應。夏米優乾枯的心無可救藥地渴望得到回報。所以、所以不管是什麼形式都可以——她希望他觸碰自己的心與身體。若不能如願，她寧願不顧一切。哪怕被當場勒死也無所謂。

「——索羅、克——」

她實在不覺得那飽含情慾的嗓音屬於自己。漆黑、熾熱、淤積的感情在胸中深處沸騰翻湧，連要命名都叫人害怕。他可知曉，曾是思慕與憧憬的情愫在執妄與情慾的淤泥中熬煮後融合而成的感情，有多麼醜陋與恐怖？不，他不知情——如果知情，絕對無法溫柔地擁抱那種玩意。

將它稱作戀慕是種褻瀆。

稱作愛意，則是說出口就應遭五馬分屍的重罪。

「————嗚——」

回想起此事的剎那，少女心中瘋狂的自制力像一枚齒輪般運作起來。她堅緊握住腰際軍刀的刀柄直至手骨嘎吱作響，藉由鋼鐵的堅硬冰冷來冷卻在小腹盤旋的情慾——然後回憶自己的罪行。害死她的罪、從她身邊奪走他的罪、從他身邊奪走她的罪。

不知對她的心境有多少認識——伊庫塔在不久後輕輕結束這個擁抱。

「……哎呀，可惜現在沒時間慢條斯理的休息，只能抽空先像這樣對付一下。」

「…………呼～！呼～！呼～！…………」

夏米優還需要一段時間，才能收集並重新構築起險些粉碎的理智……可是保持沉默，她就會不由自主地向他伸出手。會忍不住不成體統地期待他可能容許這種行為。話雖如此，夏米優又沒辦法主動離開他的懷抱——由於不知該如何行動才好，少女不得已選擇交談來逃避。

「……你對我說話的態度，和以前不一樣……」

「是嗎？我記不太清楚了。」

「不一樣吧。從前……你總喜歡為難我。」

「或許是吧。不過要說改變，妳不也變了嗎？才一陣子沒注意，妳就徹底地演起暴君來了。一建立那種形象，想再清除掉可是很費勁的。」

一開始交談，注意力就能放在對話上，比較容易發揮自制力。努力不去意識背部感覺到的體溫，少女繼續道。

「……才不是演戲，如今的我是真正的暴君。我登基至今以來做過哪些事……你不可能不知道吧。」

「妳一直以來比任何人都更努力。我只知道這件事。」

伊庫塔毫不遲疑地斷然說道。由於一心夢想青年的溫柔對自己而發，夏米優感覺到身體正無法克制地往他依偎過去。啊，再繼續兩人獨處下去就糟糕了——當她上氣不接下氣地如此確信時，伊庫塔望向帳篷入口。

「好了，我們出去吧。拖太久會挨馬修的罵。」

「——唔、嗯。」

「提振士兵們的士氣也是當務之急。可以陪我一起來嗎？夏米優。我和妳一起出現，為他們激勵打氣的效果應該會更好。」

夏米優小心翼翼地將右手疊在伊庫塔伸出的左手上頭。儘管理智在肌膚相觸手被握住的瞬間差點消失，她設法挺過衝動冷靜下來。

「…………嗚……」

夏米優忍耐到底，淚水取而代之地溢出眼角。她心想——幸好我克制了自己。

還有什麼能貪得無厭的？他可以站立行走、認出她的存在、願意和她交談——光是如此，對她來說明明已算是勝過其他所有事物的奇蹟。

「我們乾脆豁出去，主動活捉艾露露法伊．泰涅齊謝拉怎麼樣？」

兩人來到外面與馬修會合，一邊討論往後的作戰方針一邊往陣地西側走去。微胖青年開口，神情間徹底恢復原有的好勝心。

「既然齊歐卡很重視奪回那名軍官，代表我們早一步擒獲她就能掌握主導權吧。西側的敵人由只是門外漢的教徒和不擅陸戰的海兵組成，遠比東側的傢伙好對付。」

「好強硬的意見啊。假設我們真的去抓她，站在泰涅齊謝拉少將的立場你會如何行動？」

伊庫塔反問。馬修抱起雙臂思索片刻。

「…………逃走。不顧顏面掉頭就跑，反正在逃跑過程中，友軍會幫忙攻擊敵人後背。」

「就是這麼回事。西側那些人在戰鬥上沒有多大的威脅性，但四處逃竄起來會很棘手。包含這一點在內，現況處於相當麻煩的均衡狀態。」

青年對從腰包探出頭的庫斯摸摸頭，目光轉向陣地東側。

「再加上從你和托爾威都落了下風的狀況，看得出此次的敵軍將領相當難纏……應該說，其中很可能有熟面孔。雖然我想避免過早下判斷。」

「的確是差不多想拜見敵將尊容啦……事情若是如你所料，幾天後不想見也會見到了。」

「乾脆就讓那傢伙露出一副愁眉苦臉的慘相吧。不管長相多討人嫌，只要表情夠扭曲，我就能勉強忍耐接受。」

伊庫塔露出大膽的笑容開玩笑。他和兩年前毫無不同的舉止讓馬修放下心來，接著往下說。

「你打算先叫全軍採取守勢……趁著敵方攻擊失敗時反撲給予痛擊對吧。」

「大致上是這樣。不過，對方的攻勢可不會是敷衍草率地靠武力蠻幹。我們在防守上不能失誤。」

伊庫塔語畢瞇起眼睛，心中已和還未謀面的敵將展開謀略戰。

「根據這個前提——最初應該防備的，是從今天日落後到拂曉這段時間。」

他所料不差，當太陽下山夜色包圍台地四周之際，齊歐卡軍展開今晚的侵略。

「——是夜襲！全員戒備！」

監視東側懸崖下方狀況的帝國兵們異口同聲地報告異狀。先前一片漆黑的視野各處浮現不同於光精靈遠光燈的無數紅光——緊接著，大量箭矢從頭頂傾注而下。

「嗚喔！有火……！」「是火箭！快點踩熄！」

士兵們按照長官事前交代的任務分派展開滅火作業。托爾威在陣地中央搭建的木造頂篷下注視著他們的行動，悄然開口。

「以火箭夜襲……跟阿伊說的一樣。」

「這個陣地適合打防禦戰，但缺點之一是缺乏水源，當火勢延燒就沒辦法滅火。所以敵軍將毫不猶豫地採用火攻。即使是從斜坡下方，把火箭接連射上台地也不怎麼難。」

伊庫塔拄著拐杖站在他身旁，視線轉向陣地內的幾個地方。

「當然我也準備了對策。將大部分易燃行李搬運到陣地西側再分成小批堆放，以防萬一其中一處失火損害也不至於擴大。」

確認事先的準備發揮如預期的效果後，黑髮青年忽然仰望夜空。

「當然，敵軍的攻擊並非只來自下方——還有上方。」

他才剛說完這句話，就有好幾個並非火箭的物體從正上方掉落——匡啷！隨著陶器的破碎聲，物體落地處立刻燃燒起來。目睹不遠處竄出火舌，托爾威的表情一下子變得僵硬。

「……是『轟炸彈』……！」

「天空兵在我們正上空。滅火人員，別漏掉落在負責範圍內的火種！——托爾威！」

「嗯！對物風槍兵，展開對空迎擊！」

配置於陣中各處的對物膛線風槍奉令向夜空抬高槍管。壓縮空氣應當很快便填充完畢，但過了一陣子依然沒響起開火聲。翠眸青年也馬上察覺理由何在。

「……嘖！看不見熱氣球。他們可能是把氣囊和吊籃都改裝成深色系，來混進夜空當中。」

「這也在意料之中——光照兵營，向上空照射探照燈！」

光照兵群讓他們的光精靈同時向上空打出遠光燈。雖然大半光線都被黑暗吞沒，有幾道的光幸運地短暫映照出漂浮在空中的熱氣球一角。

「看見了……！在那邊，集中射擊！」

士兵們以光線當指標瞄準後扣下扳機。比起風槍，更接近風臼砲的沉重發射聲交疊鳴響地持續好一陣子——但空中依舊沒傳來熱氣球爆炸的巨響。

「……為了防備我方的迎擊，熱氣球似乎飛得相當高。跟著探照燈驚鴻一瞥照出的高空影子來狙擊，即便憑你們的實力，能不能命中也全看運氣。」

「嘖……！」

焦慮的托爾威正想親自參加狙擊，被伊庫塔抓住肩膀制止了。

「別著急，不成問題……只要他們害怕被擊墜繼續待在高空，『轟炸彈』的命中精確度也會跟著低落。子彈不必命中，對物風槍兵的存在本身便發揮牽制作用。」

他告訴托爾威，即使沒擊墜目標狙擊兵也達成了任務。開解托爾威往往想獨自背負苦難的心理後，伊庫塔重新望向懸崖下的黑暗。

「更重要的是，到目前為止的兩波攻勢都是聲東擊西——重頭戲要上場了。全員，舉起武器。」

儘管白天被運用揚氣發動的機關炸毀，台地東側還有許多斜坡陡峭得稱作懸崖也毫不遜色。這些「敵兵難以入侵的地點」同樣派了兵力防守，但在這些士兵裡，有人對自己分派到的任務心生疑問。

「……喂，有好多火焰落在地上。我們也去幫忙滅火比較好吧？」

一名士兵未能持續對敵陣保持警戒，不時偷瞄後方。和他分配在同一個地點的女兵朝他的背影大聲斥責。

「笨蛋，別分心！團長再三告誡過我們，要專心監視前方！」

「說是這麼說，但沒發生任何狀況啊。這一帶的懸崖沒怎麼崩塌，我看就算監視也是自尋煩惱……」

那名士兵看不出繼續守衛此處的意義，以探詢的視線望著懸崖下方。那裡似乎沒有任何異狀——但下一瞬間，與黑夜同色的巨大團塊突然浮現在他的鼻尖。

「——嗚喔——？」

「——？別發呆，退後～！」

察覺異狀的女兵拎著同伴的衣領往後退，全力飛奔與懸崖邊拉開距離。就在她做出這個判斷的短短數秒鐘後——多個神祕浮游物體在尚殘留陡峭斜坡的台地東側各處同時爆炸。

「……？這個爆炸聲，難道說……！」

被震得肌膚發麻的破壞爆炸聲喚醒海戰中的記憶，托爾威渾身寒毛倒豎。儘管感受到爆炸威力，伊庫塔還是面不改色地搖搖頭。

「不，不對，不是爆砲——這是另一種東西。」

爆炸氣浪波掀起漫天沙塵，飛散的鐵片割傷了士兵們。這些景象令黑髮青年確定了那股威力的真面目。

「攻打高處專用鎮壓兵器，通稱『爆球』——他又從『盒子』裡拿出危險的玩意了。」

「Ｓｙｏｏｌ——此刻正是良機。」

以頭頂響起的爆炸聲為信號，集結在懸崖下的齊歐卡士兵們同時開始攀登斜坡。和阿納萊一起在後方看著進攻的狀況，白髮將領大膽地揚起嘴角。

「真果斷啊。現在的確是用爆球的時機，但沒想到你會一次投入手邊所有機體。」

「不。對敵人這是第一次看到的新兵器，零星地拿出來用可是愚蠢至極。無論之前或之後，爆球對敵方身心造成最大衝擊的時刻就是當下這一瞬間——正因為如此，我才選擇傾盡全力。」

新兵器擁有的「未知」價值，將從投入實戰運用的瞬間起迅速消失。約翰比任何人都更理解這一點，以最大限度活用新兵器的形式設計了作戰計畫。

「攻打固守高處陣地敵人的方針大致可分為三種，如何將我方送進陣地、如何將敵人強行拉出來、如何讓敵人耗盡糧草。這次我用的是第一種方法。剛才那一擊應該一口氣掃蕩了布署在崖邊的兵力。這代表對方失去了迎擊攀登斜坡士兵的人手。」

約翰注視著高處的敵陣斷然宣言——他這次使用的「爆球」，說來便是不掛載人吊籃的小型熱氣球。由於運用前提是在敵軍附近引爆，氣囊內填裝了大量用來提升殺傷力的鐵片。這次爆球在離敵方部隊極近處引爆，應該已讓廣範圍的大量士兵負傷。

「我沒期望靠這次攻擊就能鎮壓敵陣。等入侵敵陣的兵力盡量擾亂他們之後，就視時機滑下斜坡撤退。對於如今的帝國軍而言，這應當是充分嚴重的打擊。嚴重到令他們難以維持兵卒的士氣。」

約翰如此說明，腦海裡描繪著侵入台地的部下們大顯身手的畫面。可是——當他目光所及之處出現好幾名摔落斜坡的齊歐卡兵，那雙白銀眼眸驚愕地瞪大了。

「——？」

「唔——看樣子，事情沒那麼順利。」

「——啊……」

在約翰未直接目睹的敵陣上。齊歐卡兵們依照他的作戰計畫入侵台地，發現先頭同伴的沉默屍體就在眼前。還目睹神乎其技的雙刀銀光閃動，被斬落的斷肢飛上半空。

「什……！」「咿——」「嗚、嗚喔喔喔喔！」

有些人嚇得呆立原地、有些人當場失禁、有些人鼓起恐懼激發的匹夫之勇衝鋒——全部都被攔住去路的炎髮劍鬼砍倒打退。

「疾！」

索爾維納雷斯．伊格塞姆——無庸置疑是白刃戰的舉世最強個人戰力。雖然元帥的身分令他遠離前線，其劍術實力與往年相比毫無衰退之處。

雖然雙刀技術與炎髮少女共通，從男子的戰鬥方式感受到的印象大不相同。雅特麗希諾．伊格塞姆的劍術美得令人著迷，索爾維納雷斯的劍則迫使對手直接絕望，讓對手篤信自己即將束手無策地死去。

「嗚、咕——」「咿啊啊啊……！」

瀕死的慘叫聲傳遍大山脈的夜空。只要還有人進攻由雙刀保衛的陣地，這樣的慘叫就決不會中斷——

「——在高處陣地進行防禦戰時，指揮官當然會堅決地防止敵軍侵入。」

目不轉睛地看著同伴們穩定地迎擊侵入陣地的敵兵，伊庫塔並未向站在身旁的女皇說話，半是自言自語地說。

「因為防禦方會沿著斜坡布署大批兵力，爆球這種兵器設計的目就是一口氣掃蕩這些守軍。所以敵軍這次的運用方式正確得無懈可擊——如果我缺乏背景知識的話。」

夏米優倒抽一口氣。她上一次目睹青年在戰場的表現，已是兩年前那場內亂時。

「和步兵的狀況相反，爆球不在陡峭斜坡地形就難以運用，因為上方的十兵也會看見熱氣球從地面升起的樣子。如此看來，現在懸崖大都崩塌不復原先的陡峭，大幅縮限爆球可能上升的地點，接下來只需要在地點附近部署兵力迎擊即可。當然，是專門負責白刃戰的兵力。」

除了伊格塞姆榮譽元帥，馬修率領的獵兵部隊也被指派負責迎擊。如今他們的實力獲得伊庫塔・索羅克的戰況預測作為後盾，攻打這個陣地的困難度可以說正無止境地上升。

「雖然特地請妳過來觀戰，但我不建議妳待太久。妳應該也切身感受到了——那裡是世所罕見的絕境。」

「哈啊！哈啊！哈啊……！」

「不好了，輝將！上面有伊格塞姆——」

「我等入侵陣地之後，碰到那對雙刀攔路……！」

親臨慘烈戰場的熾熱尚未冷卻，僥倖撿回一條命的齊歐卡兵們迅速報告在敵軍陣地目睹的一切。

約翰神情嚴厲地聆聽報告，在他身旁，有著極東亞波尼克血統的副官反應激烈。

「怎麼可能——雅特麗希諾·伊格塞姆應該在兩年前的內亂中陣亡了。」

米雅拉顫抖著嘴唇低語。得知殺害親哥哥尼路瓦·銀的仇人，那名炎髮少女已不在人世時，最為動搖的正是她。米雅拉至直到現在都還沒整理好心情，因此對伊格塞姆之名懷抱的感情絕不可能單純。

「……明明才剛經歷過爆球的衝擊，你說他們立刻迎擊了我方的攻勢？」

平常會考慮她的心情的約翰，唯獨此刻注意力也放在其他事上。他緊皺眉頭，靜靜地搖了搖頭。

「白刃的伊格塞姆——的確也是個威脅。但事情的本質不在於此。不在於此啊，米雅拉。爆球這種兵器今天首度問世，又經由我適切地加以活用。在這兩個前提下計畫沒有成功——依我的經驗，能實現這種不合理狀況的對手只有一個人。」

約翰·亞爾奇涅庫斯說到此處轉過身，用充滿敵意的眼眸瞪著落入夜色的大地宣言。

「……看不到我也感覺得到。你在那邊對吧，伊庫塔·索羅克！」

「來，辛苦你了。」

一個火精靈搖搖晃晃地走在地上，向陣地中堆放物資的角落前進。此時伊庫塔從正後方伸手抱起他的身體。精靈雙手的「火孔」立刻釋放火焰，但反抗還沒出現效果，青年已迅速將他拋進石造柵欄裡。

「用火箭與轟炸彈聲東擊西，使用爆球後派步兵入侵陣地——進行這一切的同時，還利用投石機把火精靈直接扔進來嗎……還真行啊，一招過後又來一招。」

伊庫塔以半是佩服半是傻眼的口氣說道。在他身旁的夏米優注視著他的側臉，怎麼看也看不膩。

「不像阿爾德拉教影響力深入軍事方面的帝國，這表示齊歐卡可以用這種形式將精靈納入戰術運用。實際上，讓體型這麼小的敵人四處放火會構成很大的威脅……不過精靈必須前往物資集聚處點火，只要在半路上先抓起來，結果就像這樣囉。」

為預防這個問題，伊庫塔嚴加命令士兵們「多加留意單獨走在地上的精靈，一發現立刻確認所屬單位，如果是敵方的精靈就俘虜起來」。不同於人類，這些精靈俘虜不會消耗糧食，但一樣能當成談判材料。

「話說話來……真討厭啊。打起仗來如此孩子氣、毫無破綻、毫無節操，連一點都不討人喜歡的傢伙，哪怕是我也只想得到一個人。」

青年語帶嘆息地說著，搔搔腦袋——他在來到此地之前就有種預感。就連不信命運的他，也不得不承認自己與敵將之間有命中注定的糾葛。

「再怎麼說今晚你也招式用盡了吧，白毛小白臉……先回敬你一城，但你可別以為能就此了事——欺負我的同伴的代價很昂貴喔。」

第二章

Alderamin on the Sky

常怠 vs 不眠、三度交手

「——吶，昨天真是高潮迭起啊。」

在跨越戰鬥迎接清晨的陣地一角，一名士兵小聲地說。現在是短暫的休息時間——帝國兵們圍坐在一起吃著軍糧薄餅，和同伴閒聊。

「昨天連喘口氣的時間都沒有。懸崖崩塌時，老實說我還以為沒救了……不過這時候卻有出乎意料的友軍趕來，而指揮官居然是那位有名的伊庫塔·索羅克先生。」

他的語氣十分熱切。對於從北域方面戰役起一路見證騎士團活躍表現的士兵來說，不可能不對伊庫塔·索羅克在危急時刻歸來的事實感到興奮。

「而且重頭戲入夜後才上場。他簡直像在替倉庫存貨分類一樣淡然地處理掉齊歐卡軍神出鬼沒的攻勢。你敢相信嗎？團長打從一開始就料到對方會用上那種叫爆球的玩意！」

一個人的興奮很快地向四周傳染開來。這時候，其中一名同伴發現那位傳聞中的人物正在稍遠處和女皇並肩而行，眾人的目光一起望了過去。

「話說回來，他們倆……除了戰鬥的時候以外真的形影不離……」

「那還用說。索羅克先生如今可是陛下唯一收進後宮的人啊。」

「也就是公開的情夫？團長真有一套～！」

士兵們從遠處遙望兩名當事人，熱烈地談論著摻雜臆測的事實。就在此時——微胖青年突然從忘我地沉浸在八卦話題中，身體前傾張望著的士兵們背後探出頭。

「……我不要求你們休息時禁止私語，但話題也挑選一下，還有注意音量。被聽見要殺頭的，這可不是開玩笑。」

士兵們嚇得肩頭一震，馬上轉身向他敬禮。馬修語帶嘆息地補上一句忠告。

「再說——那兩人的關係沒有你們想像的那麼單純……就連我也算不上了解啊。」

說完這番話，他沒特別責備士兵們便離開現場。與他一起行動的哈洛——有著哈洛臉孔的女子側眼瞄了依然保持敬禮姿勢的士兵們一眼，喃喃地說。

「像那樣說別人閒話雖然不太好……但自從伊庫塔先生來了以後，陣地的氣氛改變了很多呢。」

「是啊……一方面是昨晚的防禦戰很成功，士兵們的士氣大振，精神抖擻得判若兩人。如果因此疏忽大意當然很傷腦筋，不過士氣高昂是件好事。」

馬修說話時的聲調和表情，也明顯地找回前些日子失去的活力與從容。另外還有許多看得見的變化。派特倫希娜在我方陣營的各個地方看出伊庫塔・索羅克參戰帶來的正面影響，仍選擇持續深入觀察。

——改變的地方不只這些而已，胖子。

她在心中呢喃，不經意地環顧周遭。在夜色散去迎來清晨的陣地各處，都看得見手持上刺刀十字弓的士兵嚴加警惕地把守著。

——四處都有站崗哨兵監視。對內的戒備程度和昨天無法同日而語。

雖然設置哨兵的目的在名義上是防止齊歐卡兵入侵，但無疑也是針對間諜活動所做的牽制。正如她所料，伊庫塔·索羅克已強烈懷疑陣營裡有內奸存在。

——一旦形跡可疑就會引來懷疑。要在這種狀況下聯繫齊歐卡，並不容易。

看得見的監視未必就是全部。作戰計畫可能是安排那些哨兵引開注意，再由其他監視人員找出間諜。例如由托爾威·雷米翁指揮的狙擊兵……潛伏在陣地某處的狙擊兵們，很可能在這一瞬間正透過望遠鏡瞄準器緊盯陣地。

——唉，但是我已建立了聯絡管道。

派特倫希娜這麼想著，注意力放在裝滿醫療器具的背包上。背包比平常更重一點。

——放背包的地點和時機也很重要，但更關鍵的是準備送出的情報。

走向伊庫塔和女皇的時候，派特倫希娜暗暗思考著。

——像昨晚一樣，處在這種狀況，那個人不會在軍事會議上大談作戰計畫。

當距離拉近到一定程度，她看見對方親切地朝她揮手，她也露出笑容揮手回應，絲毫沒表現出內心深處的盤算。

——我得從他對部下發出的指示倒過來推導出戰術計畫，通知不眠這些推測。

「損失本身不算嚴重。」

同一時間——位於懸崖下方的齊歐卡軍總部帳篷裡，總指揮約翰正在聽部下們報告昨晚的戰鬥結果。

「可是……士兵之間顯得有些動搖。因為包含伊格塞姆的存在在內，昨晚的作戰計畫悉數被敵方看穿……」

一名軍官表面上看來難以啟齒，實則言語間微微帶刺地報告。這使得在長官身旁待命的米雅拉皺起眉頭開口。

「動搖的並非士兵，而是我眼前的你們吧。你的意思是說約翰策畫的作戰不夠完備？」

「不，我沒有那個意思……可是以結果來說……」

「敵方將領的確聰明得超乎想像。即使如此，你們就打算說造成這種結果的責任全在約翰一個人身上嗎？」

米雅拉加重語氣愈說愈急。她平常就受不了這些既不以身作則也沒提出有建設性的代替方案，只顧著挑約翰毛病扯後腿的傢伙。

「在抱怨長官之前，先反省自己身的不足吧！話說回來，昨夜你們在調派部隊方面也——」

「——肅靜。」

一句話打斷了她的話頭，一片沉默隨即籠罩整個帳篷。

「我現在並未徵詢你們的意見。能不能安靜一會。」

約翰斷然地拋出「你們」兩字。將那些隨時想趁隙鬥垮他的軍官的言論，與試圖保護他不受那些傢伙攻擊的副官話語，一視同仁地當成刺耳的噪音割捨掉。

聽到這句對同伴欠缺顧慮的發言，米雅拉露出大受衝擊的眼神回望約翰。然而……

「……！……遵命。非常抱歉，少將閣下。」

米雅拉很快地壓下種種感情退後一步。因為她看出約翰正前所未有的專注……確定仇敵就在敵陣之中，此刻不眠的輝將正發揮全力專注思考該如何擊潰勁敵。一想到在他腦海中盡行的思考水準有多高，現在堵住耳朵不聽雜音反倒是理所當然——她深入理解到了這個程度。

「——Yah。構思歸納完畢。」

不久之後，白髮將領再度開口。其餘眾人皆未出聲。無論對約翰・亞爾奇涅庫斯是否懷抱好感或敵意，在場出席會議的軍官除了洗耳恭聽並依言而行之外別無選擇。

「我認為敵軍不會在白天進攻——嗯咕！」

伊庫塔一口咬下肉乾，說出他的看法。在校級以上軍官齊聚一堂的早餐餐桌上，他在進食之餘開起軍事會議。

「要攻過來也是黃昏之後。至於用哪種方式進攻，還在預測階段。只是——若能擋下這一波攻勢，儘管得依照對方的損害程度而定，多半會進入談判狀態。」

伊庫塔咀嚼著薄餅，配茶將缺乏水份的餅大口嚥下去。現場放鬆的氣氛，與齊歐卡陣營形成鮮明對比。彷彿受到他毫不拘束的舉動催促，軍官們也繼續吃起早餐，表達各自的想法。

「……總帥，我有一個疑慮。」

「請說，薩扎路夫准將閣下。」

「拜託別叫我閣下！」

牢騷話反射性地脫口而出。聽到低笑聲在帳篷內擴散開來，薩扎路夫回過神清清喉嚨。

「咳咳……昨夜齊歐卡軍派出了熱氣球吧？這代表他們應該也能夠飛越這片陣地，在西側著陸。」

「沒錯，應該辦得到。」

「這麼一來……艾露露法伊．泰涅齊謝拉不就已經離開西側了？」

薩扎路夫坦率地發問，然而伊庫塔毫不猶豫地搖搖頭。

「你的疑慮很有道理——但她還在那裡。一方面是因為派熱氣球往返兩地有其困難，不過與有沒有可能實現無關，這是單純的人格問題。那位『白翼太母』將同艦隊的部下視如愛子，不可能拋下他們自行逃生。」

「哪怕齊歐卡軍下令也一樣？」

「哪怕上頭下令也一樣……對她而言，不拋棄孩子的決定重要性更在軍規之上，是她人格的根本。再也沒有比這個依據更信得過的東西了。」

伊庫塔就像在談論親近好友的為人般剖析斷言。他從本質上深深了解一度曾在戰場上激烈交鋒，戰後又碰過面的對手。

「唉，事情也並非沒有例外。當她本人處在負傷或生病等緊急狀態時，反倒是部下們會率先將她硬搬上熱氣球去。這種情況不是不沒可能發生，也沒什麼值得去考慮的。她離開西側，只會讓剩下的海兵士氣低落而已。」

「只是本來就衰弱的那伙人變得更加無力嗎……那對於談判又有何影響？」

「多少會有些影響，不過不至於造成重大劣勢。被部下們安排先行逃往東側的『白翼太母』，從那一瞬間起將想盡辦法奪回部下們。對於齊歐卡軍來說，艾露露法伊·泰涅齊謝拉的存在和第四艦隊相輔相成，不能只奪回她就放棄其餘海兵。」

伊庫塔用薄餅夾起用水泡軟的木瓜乾一起咬下，鼓起腮幫子咀嚼。面對著他，薩扎路夫流露出理解之色點點頭。

「……我明白了。這樣我的疑慮就解決了。還有另一件事，雖然要說是疑慮倒有些不同——敵將是約翰·亞爾奇涅庫斯沒錯吧？」

正伸向第三塊肉乾的手半途頓住，黑髮青年吞下嘴裡的食物後靜靜地開口。

「因為還沒見到人影，我不會一口咬定……不過，很有他的風格。」

「……是嗎。那位『不眠的輝將』折騰我們的手段還真夠狠啊。」

薩扎路夫抱起雙臂嘆了口氣。此時，在伊庫塔身旁聽著談話內容的夏米優毅然說道。

「……現階段齊歐卡無意加害於我對吧，索羅克，若是能利用這一點打開生路，到時候——嗯！」

話語聲中斷。才說到一半，青年就伸出食指輕輕封住她的嘴唇。

「……夏米優。如果要利用妳當擋箭牌，我寧可馬上衝到敵軍面前舉白旗投降。」

伊庫塔帶著溫柔的微笑斬釘截鐵地說。聽到這番話，少女一下子面紅耳赤地陷入沉默——青年沒理會她的反應，像回想起似的輕拍左腿。

「哎呀，我忘了我再也跑不動了——唉，請給我一段思考時間。雖然敵將是白毛小白臉非常棘手，反過來說，他並非一無所知的陌生對手。直到太陽西斜之前，想必能看出各種敵軍動向的端倪，具體的指示等到那時候再下達也不遲。」

伊庫塔說到這裡告一段落。另一方面——斜對角座位上的派特倫希娜，正針對他至今的發言進行分析。

——果然如此。為了避免情報外洩，他打算等到執行前夕才公開作戰計畫。

她判斷青年避免講明具體方案的意圖是諜報戰的一環。她十分篤定，這名對手不可能還沒想到任何策略。

——不。就算說出來，也可能是打算之後一再變更作戰內容。這麼一來就是雙方比拚耐性了。

以女子的角度來說，她反倒期望如此。她專門從事以年為單位潛伏的長期任務，很習慣面對考驗耐力的局面。

——我必須等到最後一刻，值到要傳達的情報定案為止。等到計畫再也沒時間修改為止。

當然，派特倫希娜沒天真到以為默默忍耐就能戰勝。她同時做好隨時趁隙出擊的準備，等待稍縱即逝的良機到來。

——不過，若是這傢伙，若不定連計畫敲定的時機都準備好要用來查出內奸？

派特倫希娜甚至包含某種期待地想著。這是她第一次出現這種反應。

——我沒法完全看穿他的想法。好厲害啊，哈洛。第一次碰到惡作劇起來這麼有成就感的對手！

就在那場早餐兼軍事會議結束約兩小時，即上午八點過後，這一天的狀況首度出現變化。

「——阿伊，南方天空出現熱氣球！」

托爾威看見異狀後快步趕來，在陣地中央與女皇並肩而立的伊庫塔也輕輕頷首。

「嗯，我看見了。一、二、三……總計約三十架。」

由於距離超出對物膛線風槍的擊墜範圍，托爾威現階段只能坐視發展。伊庫塔搖搖頭，彷彿要安撫神情不安的青年。

「別擔心，這在意料之中。是白毛小白臉發現西側勢力喪失進攻意圖，包夾實質上不再成立，打算把手頭的兵力調派過去吧。」

「那麼，接下來需要加派人手加強對西側的防禦……？」

伊庫塔並未立刻回答這個問題，而是反問。

「每架熱氣球分別載了幾人？你應該看得清楚吧。」

青年依言定睛望去，憑藉在狙擊兵之中也特別出色的視力看出答案。

「……乘員數多寡不一，平均大約是一架五個人。」

「這表示三十架約可承載一百五十人，其中大半是老練的風槍兵，熱氣球上還載滿要發給海兵們的新型武器，一直塞到勉強能維持機體浮力的極限吧，然而，單憑這批兵力數量不足以改變戰況。」

「……的確沒錯……」

「他好像打算靠一再往返輸送更多兵力過去，但熱氣球終究沒那麼方便。就算風向正好符合，到黃昏前頂多只能再多來回一趟。這麼一看，西側敵軍的增援部隊最多為三百人。就算包含與友軍會合士氣上揚等因素在內，光靠你的部隊也足夠壓制他們。」

正確地估算天空兵的威脅程度後，伊庫塔收回目光向左走去。

「向西側輸送兵力終究只是其中一步棋，主要行動將發生在東側。」

托爾威和夏米優跟著他前往陣地東側。三人靠近懸崖仔細向下俯望，很快發現敵陣的異狀。

「——說人人到啊。」

在伊庫塔等人俯望的山崖下方裸岩區裡，可以看見一大批彼此繫著腰繩相連的帝國兵。

「不准停下！好了，繼續走！」

手持十字弓的齊歐卡兵們守在周遭，逼迫他們前進。對狀況一頭霧水的被俘帝國兵們只能聽命照辦。

「嗚咕……」「究竟是怎麼回事……」「可惡，這是要把我們帶到哪裡去？」

然而他們的疑問並未得到任何說明。將俘虜帶到長官交代的地點後，齊歐卡兵們轉往下一步行動。

「好，停在這裡！所有人原地坐下，不准隨便亂動！誰表現出抵抗的意思就當場開火！」

聽到命令的帝國兵們提心吊膽地坐在地上。那些齊歐卡兵毫不大意地包圍他們，繼續說道。

「沒錯，就像這樣老實地坐在一起。如果沒發生任何事，明天早上就讓你們回到後方的野營地。只有在想解手時才准舉手找士兵。同性的士兵會隨行監視你們到廁所去。」

單方面的做完說明之後，齊歐卡兵就此閉口不語。被集體放置在敵軍中央的帝國兵們想像著今後可能的遭遇，感到越發不安。

「難道——他們要拿俘虜當擋箭牌？」

最糟糕的想像令托爾威臉頰抽搐起來。然而，伊庫塔馬上搖搖頭。

「不會的。白毛小白臉能夠無比殘酷地對待敵人，不過被俘的士兵是另一回事。不提戰時條約，他也絕不會做出虐待行徑來。那麼做也違反齊歐卡的對外政策。」

聽他這麼回答，托爾威也冷靜地分析起眼下的景象。

「的確……他們看來給了俘虜水與軍糧，還配給帽子遮陽以免中暑。那個地點的位置也不會成為我方槍擊的攻擊點，以處置戰場俘虜來說，反倒算是很細心了。」

「沒錯，他不會虐待俘虜——然而俘虜也尚未成為同伴可以利用。據實來說，那群俘虜應該是誘餌。」

伊庫塔以低沉的嗓音斷言。理解他所說的意思，托爾威再度面露嚴厲之色。

「……這是要引誘我們。你們的同伴就在這裡，想救人就下來……」

「正是如此。下面看來有十五群四十人團體，因此齊歐卡帶過來的俘虜數量大概是六百人——如果平安救回這麼多人，我方的戰力損失將減輕許多。」

黑髮青年邊說邊搔搔後腦杓。和所說的內容相反，他的口氣比起希望更充滿強烈的警戒。

「他們的作戰計畫從入侵台地的擾亂作戰變更為將我方引出台地了。這麼一來，情況突然變得很傷腦筋。」

在他身旁眺望同一幕景象的女皇再三思索後，於此時開口。

「……如果我等沒著手奪回俘虜呢？」

「那麼對方也不會行動，只是雙方一路僵持到明天早上罷了——問題在於，我們如今的處境能夠容許我們這麼做嗎？

現在的戰術目標是，為了即將到來的談判做準備，盡可能令我軍在面對敵軍時占上風。考慮到這個目標，敵軍直接發動攻勢對我們有利。因為正規地在防禦陣地迎擊來襲者，對方受的損害將比我方更大。愈是交戰，戰局趨勢將愈加倒向我們。然而──若敵軍什麼也不做，雙方的立場就無從改變。」

愈聽下去，夏米優的臉色就顯得愈加痛苦。她無法不將我軍陷入嚴重劣勢的責任算在自己頭上。

「就算考慮到昨晚那一戰的結果，現階段依然是我方的損失更大。如果就此進入談判狀態，主導權必然會落在齊歐卡手中。正當我們為此苦惱之際，那些俘虜的身影不由分說地映入眼簾，誘使我們去想──如果救回那麼多人，狀況豈非將變得截然不同？」

伊庫塔比著手勢動作說到這裡，突然恢復嚴肅的神情瞪著敵陣。

「所謂的引誘，並非一定是針對指揮官與士兵的感情下手，有時候則是在損益計算上逼得對手不得不回應。這次的情況正是如此。」

「……就某方面來說，這比拿俘虜當擋箭牌更棘手嗎……」

「對付會做那種簡單粗暴舉動的傢伙，遲早找得出趁虛而入的破綻……可是，這次的對手很有分寸，也可以說擁有大局觀吧。他已做好精神準備，預料到包含這一戰在內的戰爭全盤局面──甚至還有戰後的狀況，行動時持續尋找最佳方案。」

鉅細靡遺地回想起過去與「不眠的輝將」的兩次見面，伊庫塔哼了一聲。

「老實說我很懶得和敵手較量大局觀——唉，就看他怎麼讓我傷腦筋了，畢竟還有時間。」

觀察完敵陣，伊庫塔和女皇一起返回總部帳篷。

「呼……哈洛，我不奢求有古柯葉，但有沒有什麼東西能提神的？」

「好的，我馬上準備……不過你還好嗎？伊庫塔先生。身體應該很吃力吧？」

沒有忽略他聲調中流露的疲憊，有著哈洛臉孔的女子詢問。黑髮青年為難地面露苦笑。

「唉，說一點也不吃力——是騙人的。這可是在整整臥床兩年後突然登上高山。雖然為應付高山症事先做了準備，實在很難保持精力充沛的狀態。」

「索羅克……」

「妳別也露出這種表情，夏米優。我只是有點暈眩而已。」

伊庫塔安慰泫然欲泣地看著他的金髮少女。派特倫希娜側眼查看兩人的樣子，以熟練的動作泡好茶端上來。

「這是加了香草的濃茶，不知道合不合你的口味……」

「喝了就習慣了——嗯，好香。」

伊庫塔迅速地啜飲一口杯中茶水，先享受竄過鼻腔的茶香後再嚥下喉頭。整串動作毫無遲疑停頓，令她非常難以判斷。

——毫不猶豫地喝了嗎？我可是刻意泡成古怪的味道。

女子端出這杯茶的目的是測試對方的反應，沒表現出任何反應是最令人為難的結果。從這個結果很難估量他對自己抱著多少疑心。

——如果他無條件地信賴哈洛那就正中下懷。可是，這傢伙沒那麼簡單。

疑心病很重的派特倫希娜，打從一開始就認定那種對她最有利的結果並不存在。這代表事到如今對方不可能沒起任何疑心。她必須從剛剛的反應找出其他的隱含意味。

——他很確定不會在這時候遭到毒殺。的確，這是正確答案。

基於她和前陣子警告過那名沒用部下的相同理由，依照現狀，不可能選擇用上這種手段。在上級還沒有計算完殺掉或放過伊庫塔．索羅克的得失之前，她該做的始終是維持現狀並提供情報。

就待在一旁卻對她的盤算一無所知，夏米優注意到從外面傳來的聲音，目光望了過去。

「……索羅克，那邊似乎有些騷動。」

「好像是。但感覺也不像……敵軍有動靜的樣子。」

青年一手端著還在冒熱氣的茶，不解地歪歪腦袋。此時，一名軍官走進帳篷。

「晉見御前——陛下、索羅克先生，非常遺憾，下官必須稟告一個消息……」

軍官跪在兩人面前開口。夏米優馬上准許他直說，但他極為難以啟齒地吞吞吐吐著。

「在這樣的狀況下，實在連說出口都叫人忌諱……」

軍官終於開始說明。在一段距離外豎起耳朵聽著報告，派特倫希娜內心得意地發笑。

——那麼，這一招又怎麼樣？

「——我不是間諜！」

幾分鐘後，地點更換到一座小帳篷內。伊庫塔和夏米優見到在親衛隊士兵的另一頭被五花大綁的軍官。

「尤格尼少校，可否先壓低音量。這樣子下去，叫旁人迴避都沒有意義可言了。」

「是、是我失禮了……不過請給我機會解釋！我對現在落在我身上的內奸嫌疑毫無頭緒！我絕未背叛陛下！請撤消對我的懷疑……！」

尤格尼少校激動萬分地說個不停。然而，先不提這番話是真是假，伊庫塔望向別處以求掌握狀況。

「托爾威，告訴我來龍去脈。」

被詢問的青年從他背後上前一步，流暢地說明起來。

「自從阿伊你抵達後，我們便加強了內部監視。不僅增加崗哨數量作為威懾力量，同時也安排視力優秀的狙擊兵在不起眼的位置監視我軍陣地——設下雙重監視機制。」

托爾威瞥了領首的伊庫塔一眼，目光投向尤格尼少校。

「而他觸動了監視網。具體來說，有一名狙擊兵目擊到一個火精靈爬出他揹到陣地東端懸崖邊的背包，準備前往敵陣。那名士兵立刻跑過去抓住火精靈，經過調查，發現他並非帝國兵的搭檔，應該是先前那一戰裡投擲到我方的火精靈之一，沒被捉到躲藏了起來。再加上，那個精靈的脖子上還捲著一張折成長條型的我方陣地示意圖。」

「……唔。」

「再補充一點，背包放置在普通崗哨難以察覺的位置。綜合以上情況，我判斷尤格尼少校可能是透過精靈向敵軍傳遞情報的間諜……以上是我的報告。」

「不對！絕非如此！」

托爾威一說明完，被懷疑是間諜的當事人就口沫横飛地強力否認。伊庫塔從鼻子裡哼了一聲，搔搔後腦杓。

「也就是說——尤格尼少校把藏著敵軍精靈的背包親自搬運到接近敵陣的懸崖邊。那個行動是你懷疑他是內奸的主因。」

托爾威點了個頭。尤格尼少校兩眼泛淚地連連搖頭。

「我已深深感受到自己有多疏忽大意。可是我並未發現有精靈跑進背包……！我本來在背包裡裝滿了用來犒勞部下們的果乾。重量上可能有差異，但光是揹著背包分辨不出來……！」

他抵達目的地後暫時卸下背包放在腳邊向周遭的部下們分發果乾，這時候精靈從背包底部爬了出來——尤格尼少校這麼說明，強調他絕非蓄意而為。周遭眾人誰也無法和他搭話，女皇若無其事地對身旁的伊庫塔小聲地說。

「……索羅克。我們也認為內奸出在校級以上的高級軍官之中。尤格尼少校看起來符合那個條件。」

「……的確沒錯。他的反應看上去倒也很像焦慮地想傳遞情報結果失手的間諜下場。可是……」

伊庫塔含糊其辭。抓準對話停頓的機會，在牆邊待命的薩扎路夫舉手發言。

「……請容我為他辯護。尤格尼少校從兩年前起擔任我的部下，我對他的表現和為人寄予信賴。一方面是因為他儘管比我年長從軍資歷也更長，卻從未輕視過我。」

「准、准將閣下……！」

「我不會要求因此就別懷疑他……但否能避免現階段就下最終結論？既然嫌疑出自藏身背包的精靈，事情還有好幾種其他的可能性。就算要盤查質問，也應當在安定的環境下謹慎進行。」

即使面對敏感的問題，薩扎路夫也毫不膽怯地發言。伊庫塔歸來之後，在女皇面前表達意見的壓力大幅降低。這對夏米優本身來說也是理想狀態，甚至可以說代表了君臣關係的修復。

伊庫塔沒怎麼思索便同意了那個提議。既然已拘押了少校本人，急於在此處置他沒有任何好處。

「……我命令尤格尼少校在衛兵監視下關禁閉。確實的查證與調查多半要等到返回中央之後再處理。薩扎路夫准將，暫且就這樣處置吧。」

「是，我明白了……暫時可以放心了。」

薩扎路夫安心地鬆了口氣。接著帶頭將被衛兵從左右架住的部下送往禁閉帳篷。

派特倫希娜遠遠地望著伊庫塔一行人處理完此事走出帳篷的情景。

——當事情看來按照計畫順利進行的時候，很難去懷疑那個結果對吧。

在監督手下的醫護兵時，她完全沒透露出這些想法。一如往常地在他們面前扮演可靠的長官，女子心中同時思量著重重計謀。

——你又如何？當避開崗哨監視暗中行動的內奸被埋伏的狙擊兵查出來……目前的狀況本身正符合你的預測吧？無論那個人是不是內奸。

看穿對方的心理正中要害是間諜的手法。這次的陷阱也是依據這個道理設計而成。

——否定這個結果，等於否定自己的能力。愈自負才幹愈優秀的人，愈難做到這一點。更何況是伊庫塔·索羅克……你被規定必須是此地最能幹出眾的人。基於這個事實，要你懷疑自己的成功應當比承認失誤更加困難。

承擔責任的身分，鶴立雞群的角色。兩者都伴隨著特有的壓力，從而出現的心靈弱點也具備一定的傾向。她受過亡靈部隊前輩貨真價值的菁英教育，學習如何看穿並利用那些弱點。

——趾高氣揚吧。驕傲地以為一切盡在股掌之間吧。那份傲慢將導致視野變得狹窄，扭曲你的認知……我將在由此而生的意識陰影中愉快地玩耍。

她掌握這種方法的速度之快，連傳授技術的教官們都瞠目結舌……然而，他們的驚愕很快轉變成厭惡與恐懼。因為他們發現，那在同袍之間也超出常軌的進步速度，出自於她對欺騙構陷他人衷心感到愉悅的精神本質。

——呵呵呵呵呵呵呵！

「俘虜們的位置離我方更近了。」

把伊庫塔找來陣地東端附近，微胖青年告訴他目前的狀況。

「而且，那邊的部隊還愈來愈拉開和俘虜的距離，引誘做得非常露骨……不過，你不覺得這樣做得太過火了？」

「唔。」

「我自己試著設想過。派兩個營同時衝下斜坡直接跑到俘虜位置，一邊以射擊牽制敵軍一邊切斷腰繩，放重獲自由的同伴一個接一個往後跑，到達極限就撤退……根據到下面的距離與彼此的速度計算，即使沒辦法救出所有俘虜，也能在損失輕微的狀況下救回大約一半的人。」

馬修堅定不移的口氣讓伊庫塔理解，他並非想到隨口說說，而是經過深思熟慮後提案——並基於這個前提回應。

「既然對手是白毛小白臉，想救出那批人的阻礙肯定不只眼睛所見的那些。他無庸置疑地設了陷阱——可能是在去程或回程上，或者兩邊都有。」

「我明白。不過，在白天能動用的陷阱應該有限吧。」

「齊歐卡的槍兵在白天也能發揮威力。在你們撤退的路上，槍兵將在遠距離外從背後狙擊你們。」

「是啊。所以，得在天色將暗的時候發動。」

儘管被接連不斷地指出計畫的問題，馬修依然對答如流，讓伊庫塔看出他確實的成長。馬修在他面前繼續說道。

「黃昏時，陽光將漸漸偏向從西面照射，東側斜坡下方會落進台地的影子裡照不到光線，夜色比別處早一步降臨。抓準這個時機前救回俘虜，能夠大幅降低回程受到的損傷——不是嗎？」

馬修回答完畢，以眼神要求伊庫塔給予評價。青年帶著微笑地展開雙臂。

「完全正確無誤。分析得很精彩，吾友馬修。」

出乎意料的好評令馬修有些錯愕。但他在幾秒鐘後意會過來，不滿地皺起眉頭。

「……你剛剛只是故意讓我把你都知情的事情說到最後對吧。」

「比起我自己講，從你口中聽到更讓我高興得多。」

馬修從鼻子裡哼了一聲，撇開臉龐。伊庫塔發揮天生的厚臉皮主動與馬修搭起肩膀，直接望著敵陣喃喃低語。

「——不過，的確到了該下決定的時刻。」

天空漸漸染上橙色的下午五點過後，派特倫希娜十分篤定的從陣地一角看著士兵們紛紛從陣地四處往東邊集結。

——終於有動靜了。

她以自然的動作轉身走進分配給她的校級軍官個人帳篷，立刻走到床邊挖掘地面的沙礫，從地下挖出來一個像胎兒般縮起身軀的火精靈——包含栽贓到尤格尼少校背包裡的精靈，都是她在昨夜那一戰回收的個體。

——他們似乎是要出擊救回俘虜。如今陣營裡有索爾維納雷斯．伊格塞姆，他們對於下了台地後的戰鬥過度有恃無恐也不足為奇。

派特倫希娜將地面推平清除挖掘的痕跡，然後把精靈放在桌上拿出紙筆，回想著剛剛看出的士兵動向與偷聽來的馬修對部下的發言，在紙面記下即將展開的作戰計畫概要。

——對照這裡與俘虜們的相對位置，可供通行的斜坡地點……部隊奔下台地的地方應該是這裡，還有這裡。

雖然可以要求精靈默背所有想傳達的內容，但相對位置等訊息還是寫在紙上傳遞時比較不容易有出入。她記下所有情報後將紙折成一小塊，用繩子牢牢地綁在從背包裡取出的精靈身上。

——作戰執行時機為黃昏。看準懸崖下方光線早一步轉暗的時機行動，稱得上是最適合的答案。如果情報沒有外洩的話。

派特倫希娜一邊思考著，雙手一邊不停做事，拿充當緩衝物的布料包裹住精靈身軀。她弄好之後從腰包取出搭檔米爾，硬是將打包好的火精靈塞進去。雖然腰包比平常膨脹了兩成不太自然，這點程度的問題她想應付過去那是輕而易舉。

——好，走吧。

眼見事情準備妥當，派特倫希娜離開帳篷前往位於陣地東邊的懸崖邊。

——崗哨及狙擊兵的位置都徹底查清楚了。行動時不必偷偷摸摸的。

根據至今收集的情報，她已查明行動時風險最低的路線。正因為對自己的分析充滿自信，她並未過度避人耳目，有時候更光明正大地經過站哨士兵眼前。

——懸崖邊有幾處監視的死角，不過在那裡停下腳步會引來疑心。

為了顧及哨兵注意不到的地點，狙擊兵們監視著陣地內。反過來說，他們不會關注特別顯眼的地點。這正是她的盤算。

「辛苦了。」

派特倫希娜假裝慰勞下屬，向哨兵打招呼。被軍階高了好幾級的她搭話的士兵立即緊張起來，拘謹地敬禮回答：「謝謝長官關心！」

她與士兵四目相對的雙眼，彷彿注意到什麼似的——忽然看向左邊。士兵的注意力集中在她身上，半是反射動作地追逐她的視線——結果，注意力落在與眺望敵陣的懸崖相反的方向。

——就是現在。

派特倫希娜的右手抓住這一瞬間，迅速地打開掛在腰際右側的腰包，幾乎同時扯出打包好的精靈對準懸崖下方丟了出去。眼前的士兵正看著不同的方向，她的身軀對周遭的士兵們構成死角。以完美的角度投擲出去的精靈，沒被任何人發現就脫離陣地——滾落在數公尺下方的斜坡上，傳來一點清脆的碰撞聲。

「——？」

在被誘導的目光所及之處沒發現任何異狀，士兵愣愣地望向眼前的女子，既未露出懷疑之色也不像有察覺聲響。派特倫希娜篤定工作已完美地達成，在心中暗暗發笑。

——嗯，誰也沒發現。

她向士兵點頭示意後離開現場——抵達懸崖下方的精靈很快會掙脫布塊，朝齊歐卡軍陣地走去。如此一來，情報就確定將會送達。

她沉浸在小小的成就感中，瞥了我軍一眼。

——本以為可能還有一番波折，不過這下子你們就完蛋了吧？

「——約翰，在敵陣裡的『她』傳來訊息。」

不出派特倫希娜所料，大約一小時後，她送出的情報送達齊歐卡軍的總部帳篷。

「她把帶著情報的精靈從台地上扔到懸崖下方。墜落時的衝擊導致負責運送的精靈受了點傷，但並未損及文件。」

「內容是？」

「敵人接下來準備進行的作戰計畫詳情與計畫中的兵力運用。大約有多少人數的兵力，從何處、以什麼方式進攻——儘管多少包含一些推測成分，但記載得相當詳細。」

「不是敵方刻意安排的混淆情報吧？」

「紙上包含了我等獨特的暗號，請親自過目。」

米雅拉將文件遞給長官說道。白髮將領檢閱著內容，露出沉思的神色抵托著下巴。

「……在黃昏時出動兩個營來奪回俘虜嗎？」

「此事在我方的預測範圍內。不過——能得知戰術詳情，更加鞏固了我方的優勢。」

同屬「影子」的一份子，米雅拉為同袍的成果作保證。然而約翰聽完後依然神色嚴厲，之後也始終沒有放鬆過。

「……時間到了。」

下午六點將至，逐漸下沉的太陽與地平線相接，夜色已開始籠罩陽光照射不到的東側山崖下方。

馬修等人的部隊準備萬全，整然地列隊站在台地東側。

「聽著，號令一下就一口氣衝下斜坡！直線前進抵達目標地點，然後按任務分派釋放俘虜與進行防禦戰！敵軍多半很快就會湧來，不過別擔心！留在台地上的同伴將從俯瞰視角判斷撤退時機，通知我們！」

作戰即將展開，微胖青年進行最後的確認。士兵們面露緊張之色。

「聽到後方敲響銅鑼發出信號，就是該撤離的時候！馬上調頭全力往回跑！千萬別拘泥於沒救完的俘虜——留在原地不撤退，我們就會死。不只如此，連俘虜們也很可能被戰鬥波及！那麼一來，連日後能透過換囚歸來的性命都將失去！」

馬修告誡部下們。救援同伴的任務雖然使得兵卒的士氣高漲，有時卻因此相對的喪失冷靜的判斷力。滿腔拚勁落空，白白造成大量陣亡——為了堅持迴避那種結果發生，他們的長官做盡了想得到的所有準備。

「聽懂了吧！好——展開行動！」

「「「「「「嗚喔喔喔喔喔喔喔喔喔！」」」」」」

號令一下，士兵們邁步衝下斜坡。儘管不知道前方有什麼阻礙在等待，無論如何都要突破阻礙救回同伴——士兵們渾身洋溢鬥志，卻在此刻聽見背後傳來令人懷疑自己耳朵的巨響。

「……？」「銅、銅鑼現在就響了？」

士兵們停下腳步，一片譁然。這也無可奈何，畢竟作戰才剛開始一分鐘後方就敲響了撤退信號。

馬修抱著與完全出乎意料的部下們如出一轍的心情，憤慨地轉過身。

「怎麼搞的——未免太快了！還在下坡途中啊！」

「……好機會。攻進去！」

帝國兵對於突兀的「暫停」感到困惑時，在反方向隔著台地的西側，與他們在同一個時機上看到勝算的齊歐卡部隊展開行動。

「別害怕射擊！我等背對太陽，夕照會刺進敵軍眼睛，令他們難以瞄準！趁現在可以拉近距離！」

齊歐卡軍利用日落前短暫出現的天然光擊效果。想抓住敵軍狙擊能力因此減弱的期間進攻。這項作戰方案並非由艾露露法伊等海兵策畫，而是出自熱氣球送來的陸軍援軍部隊，作戰本身也是以他們作為主力帶頭執行。

士兵們依照號令衝上斜坡，立刻面臨迎擊的槍響——不過如同事前的預期，帶頭那批士兵裡中彈倒地的人並不多。他們篤定這是夕照的助力，然而——

「很好——即使靠得這麼近，敵軍的射擊依然缺乏氣勢！繼續進攻……！」

指揮官正要激昂起來的吶喊突兀地中斷，按住大腿當場蹲下。看見從他手縫間滲出來的殷紅鮮血，周遭的士兵們錯愕地瞪大雙眼。

「隊、隊長？」「大腿中彈了！醫護兵！」

突然的狀況令士兵們一陣動搖。為了鼓舞部下們，大腿中彈的指揮官忍著痛楚拉高嗓門。

「嗚、嗚嗚……！……別畏縮，只是流彈！副官，你來代我指揮！不必理我，繼續衝鋒！」

聽指揮官這麼說，部下們也只能向前奔去。他們跟上幾乎毫髮無傷的帶頭集團，也向台地上方邁進——然後接二連三地倒下。隊伍各處都有人大腿中彈發出呻吟。

「這、這是——」「要說是流彈，未免太過……！」

「——命中三名，繼續射擊。」

淡淡的發言在黃昏的山上響起。他們從側面狙擊衝上台地的齊歐卡兵，到目前為止幾乎沒受到任何反擊。

「敵軍帶頭集團到達台地上方。大約二十秒後抵達。」

「那些人就交給同伴解決。我們從集團後方一點一滴地削減兵力。誘使他們深入台地。」

狙擊兵們按照事先通知的戰略有計畫地繼續射擊，瞄準時專挑腰部以下的下半身。依照他們如今的常規戰法——量產動彈不得的傷患，拖慢敵軍的步伐。

「那些傢伙尚未察覺我等的布署。現在要盡可能多開火。」

「——敵軍從西側過來了。伊格塞姆元帥，請出馬迎擊。」

「了解。」

接到伊庫塔的指示，炎髮將領即刻動身率領士兵們前往西側。目送他們的背影離去，夏米優一臉困惑地問。

「索羅克……情況究竟是怎麼回事……？你早早叫回才剛展開衝鋒的馬修等人，又派應該跟上衝鋒部隊的元帥部隊前往另一頭的西側……這次的作戰目標不是救回俘虜嗎？」

「嗯，考慮過各個層面，救援計畫取消了。」

青年乾脆地說。他向雙眼圓睜的少女說明道。

「理由之一——在黃昏時獲得良機的並非只有我方，西側的敵軍也可以借助夕照效果趁機攻過來。因為面向太陽，士兵們將被刺眼的夕照照得無法確保清晰視野。雙方都在同一個時機行動的可能性很大。」

伊庫塔瞇著眼睛眺望漸漸西沉的太陽說道。連經過大幅成長的馬修都還看不出的戰場面向，在他眼中歷歷在目。

「當然，我有因應之道。齊歐卡軍差不多也該發現了，我方大部分的狙擊兵並非從正面迎擊。

為了不讓夕照干擾視野，我將托爾威的部隊以包夾形式布署在南北的高地上，還故意放帶頭集團通過，以包夾削減後續的敵兵數量。因為這麼做才能誘使敵軍深入台地。」

夏米優神情認真地吸收說明內容。黑髮青年溫柔地摸摸她的頭，再往下說。

「理由之二——救援東側俘虜的作戰裡，隱藏了很可能造成我方重創的敵軍反撲，而且還屬於即使預料到也無從改變的那一種。我不認為白毛小白臉會錯過這個機會。」

「那究竟是——」

少女的發問到此中斷。因為才剛出發就連同部隊一起被召回的馬修，正一臉不滿地往這邊奔來。

「哈啊！哈啊！……喂，伊庫塔，到底是怎麼回事！信號也發得太快了！我們像一群蠢蛋似的在斜坡上折返跑，只是白白浪費體力！」

「抱歉，馬修。不過這個安排有其用意，其實我打從一開始就準備這麼做。沒告訴你的原因之後再詳細說明——不過簡單的說，我希望你直到最後一刻都保持當真要動手的態度，因為用演的可能會被識破。」

這番回答令馬修皺起眉頭。伊庫塔依舊俯瞰著敵陣，向不滿的馬修和夏米優問道。

「對了，你們認為那些俘虜——有幾成是真的？」

同一時間，從台地下方看見一連串狀況變化的俘虜們，不知該如何解釋地張大嘴巴。

「……怎麼回事？還以為總算要來了，下坡到一半又掉頭折返。」

坐在群體中央的一個人悄然低語。他的手放到背後摸摸藏在那裡的短筒風槍，以指尖描摹那堅硬的觸感。

「他們發現了……？咱們設下的陷阱……？」

「……果然沒那麼輕易上當嗎？」

約翰從比俘虜們更後方的位置環顧戰場，承認自己的企圖並未成功，苦澀地撇撇嘴角。

「沒錯。帶來此處的六百名俘虜——其中超過二百人是我的部下們喬裝的帝國兵。他們身上當然也藏著武器。本來預定讓他們從正面突然襲擊前來救援同伴的敵方部隊……看樣子沒成功。」

白髮將領吐出一口氣。這時他才總算察覺身旁的米雅拉關心的目光，對她露出一如往常的笑容。

「我並未感到失望。自叢林那一戰算起，這是第二次使用同一類的計策，我估算被識破的可能性並不低。最重要的是，現在敵陣裡可是有那傢伙在。」

約翰以帶著敵意的眼神瞪向台地上方。猶豫半晌之後，米雅拉問起她一直很在意的問題。

「這就是……您無視『她』的報告的原因嗎？」

白髮將領肩頭一震，十分罕見地相隔將近五秒後才回答。

「否——儘管想這樣回答，但我還是別掩飾了，點頭坦承吧。坦白說，我無法想像『她』能以智取勝那傢伙……卻想像得出相反的情況。」

明知說出口有多殘酷，約翰再也不加掩飾。事實上——對他而言，連派特倫希娜這般優秀的間諜，在現在的戰場上也只是造成干擾的雜質。既然無法確信她的狡猾足以勝過伊庫塔．索羅克的智謀，他無法根據她送來的情報設計作戰計畫。

「比起對『她』這名同伴的信賴，在這種狀況下，我對伊庫塔．索羅克作為敵人的戒心更勝一籌。更何況，結果證明了我的認知是正確的——」

約翰邊說邊下意識地握緊雙拳——彷彿壓抑不住地吐出咒罵。

「——Hazgaze（開什麼鬼玩笑）！」

——這是、怎麼回事？

派特倫希娜愕然地呆站在陣地角落。即使算上帝國與齊歐卡雙方陣營所有人，面對這個狀況受到最大打擊的人也無庸置疑地是她。

——胖子的部隊毫髮無傷地歸還，伊格塞姆元帥的部隊調往西側？

即便尚未脫離驚愕狀態，她的視線依然兀自追逐著他們的動向。派特倫希娜依靠烙印體內的間諜習性勉強在表面上掩飾過去，拚命動腦思考。

——等一下。不對勁，情況不對勁。直到不久之前，胖子確實是動真格的在做準備沒錯。部隊明明以救援俘虜為目標整頓完畢了。

回過神時，戰況局勢已經往與她的預測截然不同的方向發展。應該在東側爆發的戰鬥沒有發生，應該投入戰鬥的兵力被調往西側。

——在展開作戰前一刻臨時更改還能夠理解。可是他居然晚出招，等作戰開始後馬上調頭撤兵……打破慣例也該有個限度！總指揮官做出這種行徑算哪門子作戰計畫，士兵們不可能不陷入混亂！

姑且不論一千年前，現代戰爭並非只成立於一道「打倒那個敵人」的命令之上。最低限度當然也應該讓高級官員在事前掌握預計的戰況演變，否則無法將戰爭納入控制之下。但伊庫塔・索羅克這次幾乎省略掉所有告知過程。她可以輕易地想像得到，突然被叫回去要求打另一場仗的馬修・泰德基利奇等人有多麼困惑。

——不過，那名男子心中有著不惜如此胡來的理由。而且……他也信賴同伴，哪怕自己亂來也會妥善應對。

騎士團成員間有如此深厚的羈絆，應該是共享哈洛記憶的派特倫希娜具備的知識。可是——她是以背叛為業的間諜。在她的估計中，並不包含人與人之間的牢固聯繫。她從骨子裡斷定信賴必遭踐踏，這次反倒弄巧成拙。

——花費那麼多功夫、分派那麼多人手投入反間諜行動，我為了保險起見甚至交出一頭代罪羔羊……依然沒讓他放鬆一絲戒心？

和他對同伴深厚的信賴相反，伊庫塔對於內部叛徒抱持的戒心之強也令她驚愕。總而言之，這一連串的舉動都是為了避免情報在開戰前外洩而安排的。不只如此，這下子派特倫希娜送出去的消息全部成了假情報。不僅打得齊歐卡軍措手不及，也嚴重損害她這名間諜的可信度。

——不眠也一樣，應對速度快得異常。為何將部隊布署在那邊？如果確實依照我的報告做準備，目前的狀況變化應該會讓他們更加疲於奔命。既然沒發生這種事，這代表……

自己的報告打從一開始就沒被採信。從實際情況來看，齊歐卡軍並未發生重大混亂，她只得如此判斷。

——我被蓄意排除在外。伊庫塔・索羅克和約翰・亞爾奇涅庫斯意見一致地把我的干涉排除在這個戰場之外……

沒能將激盪的情緒全藏在心中，她氣得咬牙切齒。打從派特倫希娜進這一行以來，這還是第一次被人正面否定她作為間諜的本領。

——原來如此。你們兩個這麼想排擠我啊。

摻雜嫉妒與憎恨的殺意從體內深處湧現。任負面情緒在胸中盤旋，派特倫希娜揚起發抖的嘴角浮現微笑。

——好厲害，哈洛。我有生以來第一次受到這麼大的侮辱……！

「……氣氛很糟糕。看樣子中了圈套啊。」

同一時間，在台地另一頭的西側，率領部下的葛雷奇．亞琉薩德利在同伴之中搶先察覺到情勢的不利。他查看衝上前的同伴的受創程度，向被送過來當援軍的陸軍軍官開口。

「喂，上尉，我不會害你，快考慮該怎麼撤退吧。這下子咱們完全中了敵軍的圈套，繼續前進也不會有好結果。」

「你、你胡說什麼，戰鬥才剛開始！我等的任務是吸引敵軍的注意力，直到東側的戰鬥結束──」

沒等他講完，葛雷奇就以粗壯的右手揪住對方的後頸。

「別在那邊驚惶失措，混陸地的。這裡不是你們的地盤嗎？」

「什、什──」

他不由分說地把人拉近，勸說這名不明智的軍官。

「看你似乎沒發現，那我告訴你一件事。射擊不是來自正面，而是從南北兩側。夕陽瞇眼計畫打從一開始就沒效果──那些狙擊兵動作比想像中更加敏捷。」

軍官驚訝得雙眼圓睜。那副絲毫沒想像過這種問題的表情，看得葛雷奇只得嘆息──約翰．亞爾奇涅庫斯不可能疏於囑咐派來當援軍的部下提防狙擊兵。那麼，就是這名軍官聽的時候左耳進右耳出了。這傢伙八成是只因為看別人年輕就輕視長官的那種人，相貌凶惡的海兵隊長憂鬱地想。

不知道葛雷奇的想法，這名軍官甩開他的手還要反駁。

「就、就算如此，帶頭集團前進時也沒受到嚴重損傷！他們即將侵入敵陣，我等怎麼能不跟上去！」

「是狙擊兵故意放他們通過的。吶，你不覺得奇怪嗎？為什麼我們這些後續兵力遭受的射擊比起那些前鋒更激烈？」

葛雷奇狐疑地瞪視前方。先放緩射擊頻率容許率先攻向台地的帶頭集團接近陣地，再猛烈地射擊後續部隊——這種戰鬥方式一般而言不可能存在。懷疑背後有什麼陷阱才自然。

「台地東側用俘虜當誘餌引敵軍下山後反過來給予痛擊。我們在同一個時機從西側攻過去，迫使敵軍分散兵力迎擊……這次的作戰流程是這樣對吧。」

「嗯、嗯，沒錯。」

「如果作戰是照預定計畫進行，敵軍的動向就顯得不對勁。你試著想想，要是台地東側的同伴陷入重大危機，那些傢伙還有辦法用這種方式戰鬥嗎？初期刻意保留射擊火力，游刃有餘地搞這種活像邀請我軍前鋒進陣地似的把戲？」

不可能，葛雷奇非常確定。從這個結論倒推回去，台地另一頭的狀況便洞若觀火。

「如果真的按照計畫進行，我軍的帶頭集團非得遭遇全力齊射的迎擊不可。沒有發生是因為帝國軍還有餘力，根本沒被逼進絕境。這等於他們準備了就算咱們攻進陣地也足夠應付的戰力。」

才說服到一半，先前平靜得古怪的前方便傳來壓縮空氣的爆炸聲，一陣陣怒吼與嘶喊隨之開始響起。一如他所料的發展令葛雷奇咬牙切齒。

「你看我不是說過了嗎——帶頭的前鋒有大麻煩了。」

「嘎——！」

大腿被射穿的齊歐卡兵發出痛苦的呻吟。以此為開端，鬥志昂揚地侵入台地的他們面臨帝國兵埋伏部隊的猛烈反擊。

「嗚喔喔——！」「別單獨衝太前面，配合周遭同伴！」「瞄準腿部射擊！」

索爾維納雷斯・伊格塞姆率領的白刃部隊同時襲向成了驚弓之鳥的敵軍——雖然一時之間對伊庫塔過於大膽的改弦易轍感到困惑，他們並未耽擱多少時間就趕來西側參與迎擊。因為指派給他們的任務，打從一開始就是單純的「迎擊入侵敵兵」。最重要的是，擔任指揮官的榮譽元帥作為軍官的能力已達大成，臨時被要求配合什麼奇策也足以因應得來。

「馬修營，參戰！全員上刺刀！……衝鋒！」

「「「「喔喔喔喔喔喔喔！」」」」

馬修的部隊也緊隨在後加入迎擊。他已克服最初的困惑，準確地將黑髮青年的意圖反應在部隊指揮上。

「聽著，別補上致命一擊！盡量多留活口生擒！」

從陣地中央注視著他們的戰鬥狀況，伊庫塔再度開口。

「這麼一來——沒派去東側救回俘虜的兵力，即可調往目前受到攻擊的西側。只不過白毛小白臉也會察覺到這一點發動攻勢，畢竟沒辦法全數調過去。」

夏米優點點頭。在一旁聆聽的她也終於將狀況大致理解了八成。

「從東西兩側都遭敵軍攻擊這層意義來看，情況接近我抵達的時候。不過這次敵軍的步調並不統一——當西側敵軍進攻台地想來個聲東擊西，同一時間東側敵軍卻被我們放了鴿子。」

伊庫塔大膽無畏地哼了一聲——原本預定的戰鬥沒有發生，那些空等的部隊在抵達下個戰場前都成了毫無意義的散兵。相反的，放對方鴿子的那一方可以將多出的兵力調派至其他地點。

「戰鬥從西側先開始，東側則在不久之後。那麼我方當然——可以利用那段時間差，將敵軍各個擊破。」

「……唔……！」

「托爾威正確地領會到我的意圖。那傢伙的狙擊兵部隊從一開始就能做到不讓敵軍接近，卻不那麼做選擇引誘敵人進陣地，就是出於這個理由。」

對於青年的說明，夏米優說出忽然浮現的疑問。

「這表示……你只事先對托爾威一個人透露了這場作戰的計畫？」

「不，我只提出片面的要求——『別只是單純地驅逐敵兵，我想盡量多抓些俘虜』。一聽到這個要求，托爾威應該就把我的意圖猜出了八成。也就是——在東側放棄救回俘虜，用西側的戰鬥補上。」

伊庫塔對翠眸青年的信賴，使他相信即便才剛闊別兩年後重逢，彼此之間依然有這樣的默契。儘管還遠遠比不上過去和炎髮少女之間心照不宣的互相配合——但他與托爾威現階段已擁有極佳的默契。

「現在若無法救回一批俘虜，我們在談判時將落入劣勢。我並未忘記這個前提，所以改變了想法。救回被俘的同伴與俘虜敵兵，這兩者在某方面來說價值是相等的。」

夏米優也早已察覺他為何要特別注重俘虜敵兵的理由，順著青年的話說了出來。

「以在談判時交換俘虜為前提的話，的確沒錯……我等可以拿擒獲的敵兵要求引渡被俘的同伴……！」

這是個簡單的改變思路。伊庫塔像誇獎小孩子一樣摸摸少女的頭。

「那邊的指揮工作全部交給托爾威他們負責。這麼一來，我要處理的工作又回到東側了。」

青年將西側的戰場交給同伴，轉身望向東側的懸崖下方。為了支援西側陷入困境的友軍，一大群齊歐卡兵正趕到那裡。

「多虧可靠的同伴們，現在的我空閒得很。所以放心吧，白毛小白臉——要我就這麼陪你對峙一整夜都行。」

自戰鬥開始經過三小時，時間來到晚上九點前。這時，台地西側與東側都在齊歐卡軍的撤退下結束戰鬥。

「……約翰。熱氣球以光信號傳遞了西側友軍在先前戰鬥中的傷亡狀況。」

米雅拉走進帳篷通知長官。看著白髮將領沉默地面向桌子的背影，她努力以淡淡的語氣開始報告。

「陣亡及失蹤人數合計六百二十二人。大多數很可能並非戰死而是被俘。相對的，負傷人數意外地僅有七百人，因為排在戰列後方的海兵們早早決定撤退……」

「Ｙａｈ。」

約翰開口，有點強硬——不如說是無情地打斷報告，彷彿在說聽到這裡就足夠了。他依然背對微微動了動的米雅拉，用低沉的嗓音地繼續道。

「……等黎明一到就升起談判旗。馬上準備到時候要交由傳令兵送去的信件。」

「約翰……」

「抱歉，妳現在可以退下嗎？米雅拉。我想獨自思考一陣子。」

他毫無暖意的聲音不斷地排拒著她。面對這種態度的約翰，米雅拉沒辦法說些什麼，只得一臉落寞地敬禮離去。寂靜立刻籠罩了帳篷。

「唔，戰況相當激烈，不過看來並未大獲全勝啊。」

寂靜只持續了不到五秒。阿納萊發揮不知客氣為何物的厚臉皮闖進帳篷，用一如往常的語氣向約翰開口。

「不需要這麼不甘心吧？就算連同這幾天的差額算進去，損失更嚴重的一方整體上還是帝國。這顯示你作為軍官的表現毫無不足之處。」

「否。那是平凡軍官的水準，而我絕不包含在內。」

他背對阿納萊拋出簡短的否定。老賢者聽到後撫著下巴沉思。

「嗯。約翰，我問你一個問題——如果這次的結果有令你不滿意的地方，你認為原因出在哪裡？」

問題才剛說出口，約翰就疑惑地回頭以白銀雙眸望向老人。

「……？您在說什麼？博士。居然問起在任何人眼中都一目了然的事實，真不像您。如果我指揮的戰鬥結果不佳——問題當然只可能是我實力不足。」

他將此事當作毋庸置疑的認知斬釘截鐵地說。聽到這個回答，阿納萊露出心知肚明的表情，語帶嘆息地抱起雙臂。

「……原來如此。難怪你的副官這麼辛苦。」

約翰本人完全不懂他為何作此感想，前所未有地體認到橫亙在約翰與周遭眾人之間的鴻溝有多深，老賢者再度開口。

「我很想以科學家——應該說長輩的身分插嘴說句話，但根據經驗，我知道這種說教對年輕人一點用也沒有，現在還是安分地離開吧。」

下了決定之後，阿納萊迅速轉身離去。當阿納萊．卡恩認真地想傳達某些訊息給某個人時，絕不會只靠語言表達。因為他是著重應用科學的科學家。

「最近得設宴款待一下他了——這也是當前輩的職責啊。你說是吧，巴達。」

時間又來到隔天清晨。隨著兩軍徹夜透過傳令兵溝通，找出雙方妥協點的談判工作在此階段已完成了八成。

「——齊歐卡軍的答覆內容，在細節上還有幾項要求，不過大致對我方提出的條件沒有異議。」

薩扎路夫告訴聚集在總部帳篷內的軍官們。本來緊張戒備的馬修聽到之後顯得有些掃興。

「談判似乎格外地順利啊……我都有覺悟還得再爭執一番了。」

「因為雙方都不希望談判拖得太久。一旦時間拉長，先缺糧的會是他們。」

伊庫塔插口說道。他邊啃著夾肉乾的薄餅邊往下講。

「另外，不希望兩邊司令官碰面大概也是部分原因。至少我是這麼想的。」

即使女皇在他身旁，他仍毫不客氣地說出至目前為止敲定的談判結果。

「……我等將艾露露法伊・泰涅齊謝拉及其部下，還有昨天那一戰擒獲的俘虜引渡給齊歐卡軍，藉此換回我軍五百名俘虜及一萬名教徒……嗎？」

「雖然不足以填補至今所受的損失，至少遠離了最糟的結果。如果狀況還像幾天前一樣，我們被榨取任何條件都不足為奇。」

伊庫塔說完後喝了口茶，但一放下茶杯就皺起眉頭。

「只是——必須將她還給齊歐卡，我個人感到非常不痛快。」

青年對於確定返國的「白翼太母」表示。她是齊歐卡最優先想救回的人物，在這個情況下不放人不可能了事。此時要是不肯同意引渡她，將導致重啟戰端。

考過種種因素後，伊庫塔動念起身離坐。

「我趁現在去和她碰個面吧……雖然這麼做或許沒多少意義。」

「——果然是你嗎。伊庫塔・索羅克。」

在插著代表希望會晤的談判旗的中間點，「白翼太母」與相貌凶惡的心腹都露出理解之色迎接前來的對手。

「我隱約感覺到了。這一戰的風向之所以半途改變，是因為你參戰了吧？」

「這次都是同伴們在努力，戰局才得以只因為我的加入就產生變化。」

「又說這種話，真是謙虛得難以理解。你兩年前也講過相同的台詞。」

艾露露法伊聳著肩。此時，她看向對方右手拄著的拐杖。

「說歸這麼說，看來你……沒有和以前一樣健康。你受了腿傷？」

「是的，我先前在戰鬥時中了箭。」

「在這裡曝露身體狀況沒關係嗎？考慮到往後的戰爭，這將成為你的弱點吧。」

「或許沒錯。唉，這無關緊要。」

伊庫塔看來真的毫不在乎，在此時換了話題。

「等妳回齊歐卡之後，能不能請妳去拜訪阿納萊‧卡恩這個人？」

「……？這名字有些耳熟。記得好像是一名從帝國流亡到我國的老賢者……？」

「沒錯。他性格相當古怪——不過還是拜託妳了。」

青年低頭請託。這讓本來就不明白對方前來會晤有何意圖的艾露露法伊神情顯得更加困惑。

「……是我的錯覺嗎？我完全想不到必須照你的話去做的理由。」

「我無法強制要求妳，所以這是我的請託。」

這句回答令太母認輸似的嘆了口氣。伊庫塔在這時抬起頭，視線轉向相貌凶惡的海兵隊長。

「還有……那位長相凶惡的先生。」

「是海兵隊長葛雷奇・亞琉薩德利。我看你膽子很大嘛！」

「那麼，亞琉薩德利隊長。我想問你一個問題，對你而言，泰涅齊謝拉少將是什麼樣的存在？」

他突然拋出一個深入私領域的問題，儘管被對方熱切的視線給壓倒，葛雷奇沒怎麼煩惱就回答道。

「……我敬愛的長官。在各個方面都不拘常規，常常讓我很傷腦筋。」

「嗯嗯。」

艾露露法伊相當滿意地點點頭。另一方面，伊庫塔不知為何露出比戰鬥時更嚴肅的表情，注視著葛雷奇的臉龐。

「原來如此……和其他人不同，並未沉溺於母性嗎。」

「啊～？」

「那麼，我也向你提出一個要求。等你們回到齊歐卡，請立刻約她出去約會。」

青年輕描淡寫的話語，聽得葛雷奇險些當場摔倒。

「——不。你在說什麼啊。」

「就是字面上的意思。請約她、出去、約會。」

伊庫塔一個字一個字緩緩地重複一遍。葛雷奇的困惑與他的熱切呈等比例地不斷上升。眼見他沒聽懂，青年著急得像個小孩子一般猛跺腳。

「可惡，真是的——你不能理解我悲痛的心情嗎？我是無可奈何地把其實應該在這邊由我來做的工作托付給你啊！」

伊庫塔難以忍受地逼近對方。他由下方仰望葛雷奇位置高出許多的臉龐，繼續追擊。

「如果你不答應這件事……談判就此破裂。我不會把她還給齊歐卡！」

「啊？」

「答應我，葛雷奇・亞琉薩德利！你會賭上名譽，盡全力當她的護花使者！只要你不發誓，就別想再往前走一步！」

不顧愕然的對方，伊庫塔展開雙臂像一面牆似的攔住去路。當葛雷奇極度混亂的思考漸漸閃現「簡直莫名其妙，乾脆揍他一拳」這個選項時——艾露露法伊插口。

「……答應他不就行了，葛雷奇。」

「太母大人？」

「一回到齊歐卡，我就和你約會一天。雖然完全不清楚這個要求的意圖，但這點小事不算什麼，成不了在這裡起衝突的理由。」

她判斷比起繼續進行意義不明的對話，乾脆接受要求還更輕鬆。艾露露法伊走上前一步，向伊庫塔做確認。

「回國後去拜訪名叫阿納萊・卡恩的人物，享受與可愛部下的約會。這就是你對我所有的要求嗎？」

「沒錯，雖然這是壓縮到極點後的結果。還有——最後我要對妳的部下們說一句話。」

伊庫塔向站在兩人後方，因為擔憂太母安危前來關注會談的海兵們毫不猶豫地拉高嗓門。

「能夠向她撒嬌，對你們來說應該很幸福吧。能夠為她而戰、為她而死——對於失去歸屬的人來說應該是最大的救贖——我明白。如果可以如願，我也想這麼做。」

將已逝亡母的模樣與艾露露法伊相重疊，青年殷切地繼續道。

「不過——快回想起來。眼見你們在戰爭中受傷、喪命，她總是露出什麼樣的表情？她曾面帶笑容地送過一名亡者離去嗎？」

他的發問令海兵們面面相覷。在伊庫塔心中，海兵們的身影忽然和那些奉自己為長官的士兵重疊在一起。沒錯——這完全不算事不關己。

「既然你們聲稱她是你們的母親，就不該讓她多次承受失去孩子的痛苦……這場戰爭還會打下去。你們的艦隊也一樣，遲早有一天陣亡人數將超過倖存人數。就像所有的軍隊都是如此，這是在軍事層面註定的未來。

所以——拜託，試著想像看看。當這個預測在不遠的將來成真時——『白翼太母』還能露出和現在一樣笑容嗎？」

這番話在海兵之間引發的騷動如漣漪般擴散開來。盼望他們的反應並非只限於一時，伊庫塔引導他們產生掙扎。

「試著思考看看。為了守護她的笑容，你們能夠做到哪些事？」

經過三小時關於交換俘虜條件的談判，他們對各項條件達成了協議。帝國軍、齊歐卡軍、阿爾德拉神軍基於三方互不干涉的約定開始下山——從阿爾德拉教徒們的大逃亡展開的這一戰，最終以帝國受創較深的結果落幕。

第三章

Alderamin on the Sky

壞孩子

——與大家相遇時的回憶，我記得很清楚。

那是在前往高等軍官甄試第二輪考試會場的路上，我們六人沒有任何蓄意安排地碰巧搭乘同一艘船。其他人或許認為，這個巧合是「騎士團」的開端。

不過，實際上並非如此。那場相遇是受到多種意圖引導而成的情況。其一是帝國軍的意思——雖然我無法斷言，將雅特麗小姐和托爾威先生安排在同一艘船上應該是軍方的目的。他們或許認為比起在競爭場合首度碰面，在考試前搭船的旅途中先多少有些交流對於日後建立關係更有幫助……考慮到當時伊格塞姆派和雷米翁派的對立，做到那種程度的顧慮也不足為奇。

其二是陛下……不，當時還是殿下的夏米優．奇朵拉．卡托沃瑪尼尼克的意思。她搭乘那艘船的理由，果然還是想和前途看好的雅特麗小姐和托爾威先生有所交流吧。隨著共度的時光愈來愈多，我也逐漸發覺她從當時起就抱著變革的目標——或者說毀滅的願望。

其三則是我本身的意思。奉齊歐卡軍戰略構想潛入上任地點的沉睡間諜，哈洛瑪＝派特倫希娜的企圖。

我的任務是非常需要耐心。簡單的說，就是作為一介軍人哈洛瑪．貝凱爾在帝國軍中一路晉升，將所處階級地位能獲得的軍方內部情報傳回齊歐卡。這是典型的長期任務，不過在從事類似任務的間諜中，高層為我設定的最終目標確實很高。因為我被要求的條件是——「階級至少晉升到校級軍官以上再開始活動」。

光是要站上起跑點，就費了我不少準備功夫。首先，我用了兩年時間打穩基礎以參加高等軍官甄試。因為一開始必須先創造出哈洛瑪．貝凱爾這名帝國人的存在，以作為間諜的表面身分。為了在醫護兵科取得考試資格，我以半途插班的形式在母校憫．米哈耶拉護理專校上了一整年的課。讀護校前的經歷也並非全屬虛構，哈洛瑪．貝凱爾這名少女是真實人物。這方面幾乎全由先行潛入的特務經手處理——據說他們盯上病故後沒提出死亡證明的她及她的家人，由數名間諜取代了整個家庭。雖然她本人好像沒有五個弟弟，但這部分調整起來比較簡單，鄉下農家為了逃避國家徵稅有幾個沒報戶口的孩子並不罕見。

當哈洛瑪．貝凱爾的身分穩固之後，我總算參加了高等軍官甄試。前兩年都是只提出申請，實際上並未參加甄試，因為當時的準備還不足以通過第一輪考試後的身家調查。另一方面，兩次落榜這種具有真實感的經歷，可以提升我合格後的信用度。這令我感到有點諷刺。

做了這麼多準備，我終於搭上那艘船——在船上與大家相遇。

當時的第一印象，是五人都個性十足。首先是雅特麗小姐——不帶任何誇張成分的說，在見面交談的那一瞬間，我就篤定她比參加同一場甄試的任何人都更加優秀。在什麼地方、以什麼方式出生教養，才能教出如此美好的人物？我深深感到不可思議。日後我才得知一部分的理由。

接著是馬修先生。他被雅特麗小姐和伊庫塔先生調侃的模樣令我印象深刻，感到他很平易近人。他好強又努力不懈，屬於本人沒那個意圖也會不自覺地得到旁人關愛的類型。他和我也立刻建立了友好的關係。

第三位是托爾威先生。他也非常優秀，不過和雅特麗小姐最大的差異，是他溫柔的性格從根本上就不適合軍人。然而，他不容自身的性格一直只是種缺點，經過嚴格的訓練及內心掙扎，以當上足以刷新戰場既往形式的人物為目標邁進。這種態度讓我尊敬不已。

第四位是公主。年紀還小的她是個聰明又充滿威嚴的孩子。雖然是最後相遇的一位，我打從以前起就聽說過她。因為在公主到齊歐卡遊學期間對她產生影響的人物，正是吸收我作為間諜的那個人。因為這個緣故，我打從一開始就對她抱著某種親近感……在接近相處的過程中，這股親近感轉變成確信——啊，這是個從未被任何人愛過的女孩。

最後是第五位……沒錯，伊庫塔先生。我對他事先沒有任何認識，第一次見面就突然被搭訕時大吃一驚。首先他注意到的地方很獨特——搭訕首次見面的女子時，會稱讚她因為常做家務變得粗糙的手指，而非相貌、服裝或身材的男人並不多。他對甄試態度敷衍，一點也看不出有渴望以軍人身分飛黃騰達的野心。到頭來，他是什麼樣的人、基於什麼想法出現在那裡……我在很久之後才正確地理解到這些事。

接下來發生的狀況全部出乎意料。在船艙裡待了一會後，船隻意外觸礁，我們六人被拋到海上漂流。好不容易設法回到陸地，卻發現來到齊歐卡領土範圍——明明還在甄試途中，卻陷入極難解決的困境。

……然而。我真奇怪呀。

能不能成功回國？會活下去還是丟了性命？——明明面臨這麼大的危機，我卻非常享受大家合力跨越難關的那段時光。

或許是因為我第一次經歷了彼此希望對方平安無事，以全體生還為目標努力的溫暖關係。在齊歐卡接受的間諜訓練，重點放在行動時如何屏除感情，或積極的玩弄他人感情之上。至於在受訓過程中有沒有足以稱作同伴的人……即使如今回顧，我也沒把握回答。

不管怎樣，儘管幾乎全員都才剛認識，「騎士團」這個團體在當時就協調得像奇蹟一般。雅特麗小姐的領導力、伊庫塔先生的機智與幽默、托爾威先生的溫柔……每一點想必都是重要因素。不過，去想這一切是拜某個人所賜就太不知趣了。那是我們的齒輪恰巧吻合，我希望這樣解釋。

這個團體裡沒有人想要欺負我、沒有人想要欺騙我、沒有人想使喚我幹活自己樂得輕鬆、沒有人奪走我重視的珍寶。大家、大家真的都很溫柔。

啊——我想得到這群人的關愛。不想招來這群人的反感。

所以當個乖孩子吧。我心想，我要一直當個乖孩子。

至於自己是為了什麼原因待在帝國？為什麼必須在從軍這條路上出人頭地？

從那時候起——我大概忘掉了一大半。

＊

「……索羅克。」

此處是皇宮至高無上的空間之一——白聖堂的大寺院。跪在寶座前的高階軍官們全部沉默不語，女皇微微顫抖著雙唇開口。

「這樣真的好嗎？」

這句尋求對方允諾的話語，與至尊者的地位毫不相稱。因為她很清楚，透過這場儀式授予的帝國人最高榮譽，對於眼前的男子而言不具任何價值。

「沒什麼好不好壞不壞的——只是走個流程罷了。」

青年無視所有傳統與形式站在御前，以一如往常的親近口吻向女皇攀談。對於很可能提議省略整場儀式的他來說，現狀說不定已算得上是讓步的結果。

「無論儀式前或結束後，我都不會出現任何改變。別想得太嚴重，快點解決吧。」

「……我了解了。那麼。」

夏米優下定決心後深深吸氣。停頓幾秒鐘後，她鄭重地開口。

「我以卡托瓦納帝國第二十八代皇帝夏米優・奇朵拉・卡托沃瑪尼尼克之名，向帝國軍人伊庫塔・索羅克下達敕令。

智計百出的謀略，變化萬千的構想。為表揚汝年紀輕輕就創下顯赫戰功——自此刻起，我任命汝就任卡托瓦納帝國軍元帥。日後汝當傾盡全力率領我軍，引領我等邁向勝利。」

「好～——謹領大任。」

不只馬修、托爾威與薩扎路夫，伊庫塔的回答之輕浮讓出席軍官中和他相熟的人都忍不住面露苦笑。當伊庫塔接下敕令，宮廷武官同時來到他的兩側現場更換軍階章。武官們足足花費五分鐘換好後退到兩旁，伊庫塔穿著只有一部分換新的軍服重新轉向夏米優。

「——妳瞧。什麼也沒變吧？」

青年如此說著聳聳肩。女皇微微一笑，再度開口。

「……以及——」

聽見一般流程中沒有的台詞，部分出席者臉上浮現疑惑之色。不過兩名當事人繼續進行儀式，彷彿在表明這一段才是重頭戲。

「為表揚其生前的忠義和戰功，我授予汝的另一半，雅特麗希諾·伊格塞姆相同地位。」

隨著發出宣言，夏米優的手放上腰際的軍刀，伊庫塔以掌心握住短劍的劍鞘，分別抱著心中的感情垂下眼眸。面對獻給她的榮譽，青年低垂雙眼輕聲呢喃。

「這原本是妳理所當然該得到的……收下吧，雅特麗。」

「——結果終於變成這樣了嗎。」

儀式結束後，出席的軍人們退出白聖堂，聚集在皇宮一角準備的談話室裡。今天沒有慶祝宴會，將視時間在最近另行舉辦。儘管伊庫塔嫌麻煩，在向國內民眾大肆發表帝國史上最年輕元帥就任消息這層含意來說，這些慶祝活動在政治上具有重要意義。

「唉，對我來說總算能卸下肩頭重擔啦。打從北域動亂開始，我一直很疑惑我得當這傢伙的長官當到什麼時候。呼呼呼……往後我要毫不留情地叫你元帥閣下，把麻煩都推給你解決。」

薩扎路夫露出陰沉的微笑說道。坐在他隔壁的女子插口。

「事情會這麼順利嗎？一度確立的人際關係，不是軍階逆轉就能輕易改變的。」

「別突然講這種不吉利的話，梅爾薩中校……有可靠的傢伙身居上位領導，我差不多可以放鬆一下了。不是這樣嗎？」

「不是。別說放鬆，你還缺乏身為將領的自覺。光是軍方首長換成史上最年輕的元帥，還不夠讓你鬆懈。反倒得以年長者的身分展現熱誠支持的氣慨。」

「怎麼這樣……」

「瞧，你的背都沒挺直。請打起精神，薩扎路夫准將閣下。」

被女副官以正確的言論告誡一番，薩扎路夫垂頭喪氣地縮起肩膀。托爾威欣慰地看著這一幕，此時突然注意到身旁的朋友沉默了許久。

「小馬，你還好吧……？」

「……嗯？喔，我還好……只是在想，經過一番波折，結果還是被那兩個傢伙搶先了啊。」

不同於接受任命時毫無感激之情的某人，元帥這兩個字對馬修來說意義重大。那是微胖青年設定的最終發跡目標，此時相對的也頗為感慨。不過——他察覺翠眸青年剛剛自然找他攀談的事實，打斷了心中的感慨。

「我說托爾威……距離你上一次主動和我說話，可是很久之前了。」

「咦……是、是嗎？」

「你沒有自覺嗎！你最近這陣子一直處在緊繃狀態！」

「抱、抱歉。我沒有那個意思……不過可能是需要思考的問題很多，沒有餘力把精神放在交談上……」

「真受不了……看你恢復原狀就算了，晚點去找哈洛道個歉，她一直很擔心你。」

馬修鬆了口氣地說。聽到這句話後沒多久，托爾威就發現該道歉的對象不在現場。

「咦，對了——哈洛小姐人呢？」

腳步聲在光滑的大理石地板上迴響。派特倫希娜沒引起任何人注意地溜出談話室，走在皇宮走廊上一再思索。

——該如何看待目前的情況？

她反覆分析現狀。此刻的她，沒有餘力享受安寧與閒聊。

——齊歐卡成功地奪回艾露露法伊·泰涅齊謝拉。透過煽動大批阿爾德拉教徒流亡，也在一定程度上增加了帝國人民對皇帝權力的不信任感。從戰略層面來說，這次的作戰相當成功。

她一邊整理思緒，一邊往走廊轉角右轉，碰到偶爾擦肩而過的文官也不忘開朗地打招呼。

——問題只有一個。伊庫塔·索羅克重返前線，對我的任務會造成什麼影響？

這是問題的核心。她謹慎地深入探討自己在現狀中的處境。

——關於內奸的存在，至少目前在表面上我還沒引來強烈的疑心。不然他們早就將我和女皇隔離了。不過——考慮到最糟糕的情況，無法斷言這不是故意放我自由行動以暗中進行監視。

派特倫希娜既不過度樂觀也不過度悲觀，努力準確地推估風險的大小——卻想不出答案。有一名男子的存在太過深不可測，使她難以提出結論。

——我必須得知他的想法。

伴隨隱隱作痛的屈辱記憶，派特倫希娜回想起黑髮青年的臉龐——同時停下腳步。她已來到目的地房間的門口。

「陛下，是我。方便打擾您嗎？」

「——！進、進來。」

她徵得同意後開門走了進去。此處是寬廣的皇宮中為了經常忙於處理政務的女皇準備的幾個房間之一。夏米優和伊庫塔兩人待在室內，並肩坐在一張三人座大椅子上，看來像是在儀式結束後獨處片刻。

「夏米優陛下，今日也向您問安。恭喜升遷，伊庫塔先生……啊，還是該稱你元帥閣下？」

「別鬧了，哈洛。別用軍階稱呼我——妳打算讓我下達當上元帥後的第一道命令是嗎？」

「啊哈哈，那只是平添一道手續而已。那麼——伊庫塔先生，今後也請多多指教！」

派特倫希娜面帶笑容地低頭致意。關於就任元帥的寒暄結束後，她馬上切入正題。

「然後——伊庫塔先生，我想請教關於尤格尼少校的事情有沒有什麼進展？」

這次她直接詢問。作為最接近女皇的臣下，她有理由關注這件事。伊庫塔也立刻回答。

「才剛開始展開身家調查——不過在中央基地他的宿舍房間裡，搜出了幾個可能是聯絡同伴用的小工具。雖然少校本人始終否認，但他的嫌疑看起來更重了。」

「這樣嗎……還在他本人的房間裡找到那種東西。」

聽到這個事實，派特倫希娜悲傷地垂下眼眸……當然是演出來的。因為將那些小工具栽贓到尤格尼少校房間裡的人正是她自己。

「只是——即使他嫌疑很大，內奸也未必只有他一個，有必要重新進行內部調查。真叫人心情沉重。」

伊庫塔聳聳肩埋怨。那若無其事的舉動也令她感到苦惱。

——這番話難道是在牽制我？不，我想太多了……？

一旦懷疑起言外之意就會沒完沒了。女子察覺自己過度敏感，暗暗地告誡自我。

「關於妳和馬修、薩扎路夫准將一起參加的祕密偵查任務，我只在事後聽過報告，不過我確信那次任務從初期階段就受到了妨礙及誘導……依尤格尼少校的地位，的確有可能辦得到。」

這段發言可以解讀成內奸問題在他心中正漸漸趨向解決。思考過後，派特倫希娜稍微往樂觀方向修正了對現狀的認知。

「再也沒有比任由疑心生暗鬼的猜忌在軍方內部蔓延更愚蠢的事了。我剛才所說的話，也拜託妳不要外傳。無須擔心偷襲暗算——我會設法解決，希望你們專注投入你們的工作。」

「——好的！我明白了！」

她按照哈洛的特質活力十足地回應。三人又閒聊了幾個話題後，她離開伊庫塔與夏米優所在的房間回到走廊上。女子一邊再次走向談話室，一邊更進一步地思索著。

——我本身沒有露出馬腳，調查我的背景也查不到證據。假設還有危險，或許是這次作戰計畫中接觸過我的特務被逼供洩漏了我的存在。不過……

她認為這不可能發生。因為她事先布下了層層因應對策。

——負責在收購巡禮服之際傳令的克雷格應該早已離開帝都。我也安排其他特務分別潛伏地下……就算萬一被捕，也徹底要求他們招認上級是尤格尼少校。連我都蒙受嫌疑的可能性並不高。

派特倫希娜極為謹慎。找代罪羔羊頂罪時要安排得夠徹底，是她的行事方針。

——最重要的是，女皇與她那些心腹強烈地傾向於不願懷疑我。而伊庫塔・索羅克應該也一樣……果然有一套，哈洛。沒有妳的話，我無法如此深入地潛入現在的帝國軍內部。

對於掌管與自己相反的善良面的哈洛，派特倫希娜不吝於給予高度評價。無論作為間諜的實力多麼優秀，單靠她一個人也無法處理高難度的潛入任務。正因為有哈洛毫不吝惜地付出善意耕耘人際關係的土壤，後面的背叛幼苗才得以成長茁壯。

——既然不得不老實一陣子，是否應該乾脆把身體還給哈洛？

如今狀況變得困難，她腦中也浮現了這個選擇。不過——女子考慮一下，否決了這個念頭。

——不，情況還在變動。需要我的場面還沒結束。

然而，當她下了判斷的瞬間——一名眼熟的人物從走廊轉角出現。看到那身象徵最高級文官的卡其色服裝，她猛然提高警戒。

「……！托里斯奈宰相——」

「哎呀，貝凱爾少校。看來妳剛拜見過陛下準備回去？」

托里斯奈若無其事地開口攀談。面對並非執著或圖謀目標的人物，這隻狐狸的言行舉止不至於太荒腔走板。派特倫希娜打從心底感到慶幸，慎重地觀察著久違的佞臣。

——沒錯，還有這個人在……雖然安分了一陣子，只要聽說伊庫塔．索羅克歸來，這傢伙想必也不會默不作聲。

不論以哈洛或間諜的身分來說，她都有必要詳細掌握伊庫塔和托里斯奈環繞著女皇發生的對立衝突。派特倫希娜這麼心想，當場修正往後的行動。

「啊——我想起來還有事情沒辦，得再到陛下那裡去一趟。」

「哎呀，那順路一起走吧。我也正好要去問候陛下。」

托里斯奈就像找到適合的領路人一樣跟在她後頭。感受到宰相散發出的獨特壓力從背後傳來，派特倫希娜調頭折返。

她才剛與不速之客一起再度走進室內，夏米優就露出充滿真切憎恨的表情站起身。

「狐狸……！」

「帝國宰相托里斯奈．伊桑馬歸返御前。向您問安，夏米優陛下。」

狐狸坦然地避開女皇的殺氣問安，視線立刻轉向坐在她旁邊的男子。

「伊庫塔．桑克雷……真叫人傷腦筋，實在傷腦筋。」

托里斯奈帶著厭惡與侮蔑聳聳肩。伊庫塔沉默地回望著他。

「為何事到如今還跑回來？從為陛下製造了覺醒機會的那一刻起，你的工作不就結束了嗎？如果就此待在後宮一室裡作個廢人度過餘生，我還能睜一隻眼閉一隻眼……事到如今還回來打亂陛下的心，你竟然如此缺乏自知之明？」

「混帳……！」

夏米優心中的憤怒立刻超越沸點。對她來說，看到黑髮青年遭到侮辱，遠比她自己被嘲笑更加不可饒恕千倍萬倍。伊庫塔一手溫柔地攔住夏米優不讓她衝上前扭住對方，另一手以拐杖抵著地板站起身。

「好了好了——別這麼愛抬槓，托里斯奈。我明白你覺得我很礙事。不過撇開這一點，在現實問題上，有我在能夠提供不少幫助吧？」

青年忽略侮辱，無所畏懼地毅然說道。他並未以牙還牙地爭執起來，選擇說出事先準備的答覆。他這次歸來，一部分原因也是為了解決與這隻狐狸的恩怨。

「由優秀的皇帝直接指揮的帝國軍——以前你告訴過我這是你的理想。夏米優十分聰慧，多半正以高標準回應這項要求吧。可是不要忘了，她本來就較接近從政者而非軍事專家。要求一名沒受完軍官教育的十六歲少女擔任司令官與齊歐卡的戰爭老手們勢均力敵地博弈，為免太亂來了。」

「喔……？」

「這一點放在你本人身上來說也一樣，軍事方面需要有專業人才負責。然而，昔日擔當那個角色的伊格塞姆元帥在內亂結束後離開了第一線。這麼一來，如今帝國軍的領袖是誰？雷米翁上將？還是席巴上將？」

狐狸臉上依然掛著面具似的笑意，什麼也沒回答。這也是當然的。因為伊庫塔剛才舉出的諸位將領，對此人來說都不足以託付帝國軍。

「都不是吧。現在的帝國軍缺乏實質領袖，掌舵的工作等於全拋給夏米優負責。雖然這樣符合你的希望，要說實際上毫無不足之處應該是在撒謊。畢竟對手可是齊歐卡共和國。這一次的事情才剛讓我國體認到，齊歐卡單從用兵打仗的手法來看也是難纏的強敵。」

也許是覺得伊庫塔直指現狀要害的論點值得一聽，托里斯奈首度反問。

「你是說換成你——對上齊歐卡就有勝算？」

「問這個問題之前，先回想一下你兩年前遊說我時說過哪些話。你本來就給予我高度的評價。對吧？」

伊庫塔當場反擊。他早已認清，自己的可用性將成為以後和托里斯奈・伊桑馬交鋒時最大的武器。

「既然接受任命，我會認真做好元帥職務。好了——快像你一向拿手的計算得失吧，奸臣。狀況和兩年前大相逕庭。與齊歐卡為敵，讓國家前途全取決於夏米優日後的成長是你作為宰相玩忽職守。根據這個前提，容許我存活的利弊……合計起來究竟是哪一邊更大？」

伊庫塔舉起雙手比出天秤的動作。狐狸面前著他沉默半晌——不久後做出某個結論，帶著一如往常的面具笑容望著他。

「……好吧。在你露出馬腳之前，我就暫且先觀望一陣子。從某種程度上來說，我也頗為後悔沒能準備好與陛下相稱的看門狗。既然你表明有心補上這個空位，我也不吝於再次衡量你的真正價值。」

暫時保留對青年的處置，托里斯奈的目光回到青年旁邊的女皇身上。

「最重要的是——陛下的永靈樹血統已在真正意義上覺醒。和以前的沉睡時期不同，你這種人的粗言俗語無法再迷惑陛下。那麼，我過度擔憂反倒顯得失禮。」

來到這裡，狐狸展現了讓步態度。儘管夏米優覺得疑惑，這未必是權宜之計——這名看似不斷散播瘋狂的男子自有其獨特的規範。狂熱皇室至上主義者的價值觀，令他不能接受對皇帝缺乏敬意的行為。

「陛下——無論要豢養此人當看門狗，或是當成活人偶肆意把玩全隨您的意思。一國之君隨心所欲地包養一、兩名男寵也是理所當然，這個國家的人民全部屬於您，無論怎麼玩弄破壞都沒有道理受人非議。」

女皇苦澀地沉下臉色——很諷刺的是，這隻狐狸信賴著作為皇帝的夏米優。對於這名親手殺死親生父親登上皇位寶座的少女堅定不移的意志，與往後作為君主的高歌猛進，托里斯奈這名皇室至上主義者打從心底深信不疑。因此，他無法輕易否定她對伊庫塔·索羅克的寵愛。因為這關係到否定皇帝的絕對性。

不過，他當然不辭在遵守分寸的前提下過問干預。狐狸瞪著青年，一臉認真地提出厚顏無恥的建言。

「但——唯獨借種懷胎的對象還請精心挑選。至少此人不是您該托付身上神祕血統的人。」

「——什！」

這番發言讓夏米優啞口無言了幾秒鐘，渾身顫抖著面紅耳赤起來。托里斯奈朝她恭敬的行禮後走出房間。

伊庫塔感到一陣宛如暴風雨過後的解放感，猛然坐回椅子上。

「……真是的。相隔許久再和那傢伙交談，價值觀的差異之大簡直叫我頭暈。吶，夏米優……嗯？怎麼了？妳的臉紅得好厲害。」

「別——別看我！別看這邊！」

夏米優以雙手摀住臉龐撇開頭。伊庫塔再度拄著拐杖站起身繞到少女背後，雙手溫柔地放在她的肩頭。直到她緩緩拿開遮住臉龐的手為止，他始終保持這個姿勢。

＊

自元帥就任的數天後，伊庫塔非常罕見地現身在中央基地的教室裡。

「——所以，我就是從今天起擔任你們特別講師的伊庫塔・索羅克元帥。以後請多指教。」

面對爽快率直地打完招呼的青年，作為學生的軍官候補生們大都困惑地不知該如何反應。這也無可厚非。擔任帝國軍領袖的元帥是年齡與自己差不多的青年，往後還準備親自傳授用兵之道。情況簡直古怪到了極點。

「放輕鬆點。我正如你們所見的是個年輕人，我很明白你們會擔心讓這種傢伙擔任元帥的國家真的沒問題嗎。如果我擁有伊格賽姆元帥一兆分之一的威嚴那就好了，不過打從一開始就沒有那種氣勢也無可奈何。

好了，反正你們對我的第一印象大概不好，我就不故作謙虛直說了。為什麼我會當上元帥，以講師身分站在這裡？——當然是因為我比你們之中的任何人都更擅長用兵，這一點不論在從班到師團的任何規模部隊中都不會改變。今天我打算證明給你們看。」

教室內一片譁然。看出學生們眼中突然浮現的鬥志，伊庫塔進一步推波助瀾。

「因此，想當對手挑戰我的人請舉手。我會提供特別獎勵。萬一真有人能擊敗我，我就當場推薦他晉任校級軍官。」

嗚喔喔～！教室裡四處冒出歡呼聲。經過這番煽動，這群通過高等軍官甄試、野心勃勃的年輕人不可能還按捺得住。想要挑戰的學生爭先恐後地舉手，伊庫塔若無其事地望著他們。

「嗯嗯，態度積極是件好事。不過我沒時間在今天之內對上所有人，從綜合成績排名順位高者開始挑起吧。嗯～那就是齊夫．拉耶爾戈准尉、瑪路里．希姆卡准尉——」

他唸出成績優秀者的姓名，被叫到的學生們歡喜地原地起立。接著，伊庫塔說出第三個人的名字。

「——蘇雅．米特卡利夫准尉。」

一名女子啪噠一聲從教室一角站起身。她有一頭褐色捲髮與雀斑，眼角上揚的雙眸充滿不服輸的精神，渾身高漲的鬥志沉默地壓倒其他學生。

那戰意強烈到甚至帶著殺氣的氣息，令伊庫塔不由得向後仰。

「哇——從一開始就碰到強敵了。」

＊

隨著相處時間漸漸增加，我慢慢看見大家形形色色的面貌。

強悍、溫柔、美麗卻又平易近人有幽默感，雅特麗小姐在我眼中看來完美無缺……不過，身為伊格塞姆的她懷抱的宿業，並非膚淺的我所能想像。即使如今回頭想想，關於她終其一生面對的問題，我直到最後都沒幫上一點忙……真的沒有什麼是我辦得到的嗎？我至今依舊每晚都會回想起來苦惱不已。

從自身無從改變的溫柔天性發展出狙擊兵概念的托爾威先生。他作為下個世代戰爭的承擔者──雷米翁的苦惱，或許可以說與雅特麗小姐正好處在兩個極端。我想他會在奮勇前進的路上碰到許多障礙，今後也繼續戰鬥下去。

好強不服輸的馬修先生。當初我曾以為他和我一樣是騎士團裡的「凡人組」，我現在則反省這種看法對他非常失禮。馬修先生與我不一樣，並不滿足於自己是凡人的事實。為了追上伊庫塔先生與雅特麗小姐所在的領域，他能夠腳踏實地地一再努力鑽研，是很了不起的人。

從初次相遇起就有種親近感的公主，正如我預期的──不，是比我預期中更加彆扭的孩子。明明是懂得體諒他人的好孩子，本質上卻抱著「極度厭惡自己」的心理問題，致命地扭曲了她的人生……雖然知道，我卻無可奈何。因為連我也是在類似心病的影響下才會來到這裡。

還有伊庫塔先生。唯獨這個人，相處得愈久愈覺得他充滿謎團。

儘管常有人說他懶惰散漫、愛好女色等等，在我的印象看來，從不曾認為這些評價能準確地描述他。

一方面抱怨想要偷懶，他在陷入危機時的行動又拯救了比任何人都更多的性命。看似碰見女性就不知節制地搭訕，真正重視的對象卻放在截然不同的地方。

沒錯，這兩件事我都切身體驗過。特別是關於後者……哪怕是我也覺得可以生氣。誰叫伊庫塔先生在女同伴裡只對我求愛，注意力卻總是放在我以外的兩人身上。不——不只這樣，就算包含男性在內我的順位還是一樣低。氣死人了。

到頭來，伊庫塔先生心中無可取代的事物，都放在與他傳遍街頭巷尾的愛好女色部分完全不同的地方。例如他母親、例如雅特麗小姐、例如公主，雖然對她們抱持的感情各不相同——這些常伴身旁他卻不去求愛的女性，才是伊庫塔先生最珍惜的。

……真狡猾。就算明白卻更加對他討厭不起來，實在很狡猾。

我喜歡「騎士團」。唯有這份感情，我自認不會輸給其他同伴。

然而——這使得我有所期盼。我忍不住盼望自己如此深愛的人們更加愛我，期望他們接納我的一切。

當然，我很清楚這不可能實現。我在根本上就沒有被愛的資格。只有扮演乖孩子的期間才能和大家在一起。只要一曝露屬於壞孩子的部分，一切都將在那個瞬間破滅。然後——破滅的時刻，正是我們達成任務的時刻。

以最糟的背叛回報極致的信賴，笑著用鞋底踐踏至高無上的親愛之情……我透過幾次的經驗領悟，在談論間諜的立場之前，我和派特倫希娜本就是這樣的生物。

只有那個人發掘了我們的價值。那個適合穿深藍色西裝外套與長褲的人……在得知我們真面目後，依然點頭認同我們只需保持原樣，露出深不可測的笑容。

「——派特倫希娜大概是想為了一再遭到背叛的妳復仇，才會尋求背叛他人。」

原來如此，很合理。那個人揚起微笑……既沒有出言責怪，也未流露厭惡。不論之前或之後，他是唯一一個目睹我們的存在方式還感到歡喜的人。

「那麼，妳們將背叛當成工作就行了。這方面我可以提供。當然，不是那種做虧心事的工作，而是確實對社會有益的形式。」

那個人在說話時雙手不知何時握住一根複雜扭曲的金屬管，在我面前，悄悄地將呈左右一對的金屬管靠在一起。

「沒什麼好猶豫的。活用妳們罕見的個性，為齊歐卡這個國家的發展作出貢獻吧。這樣的話——」

兩根金屬管卡鏘一聲組合成一體。然後——那個人帶著慈祥的神情面對我們如此說道。

「——我就會稱讚妳們，說妳們都是乖孩子。」

＊

「你們兩個的資質，大概沒有你們現在認為的這麼差。」

壓縮空氣的爆炸聲與十字弓的破風聲在森林裡交錯迴響，伊庫塔悄然開口。身為他發言對象的兩名軍官候補生剛受到有生以來首度一敗塗地的衝擊，癱坐在地上動彈不得。

「拉耶爾戈准尉在用兵上太過貪心。我知道你想要做什麼，不過依照現階段的熟練度，派兵行動時最好避免將排分散成更小的單位。如同你發現的，這樣做會導致士兵之間配合不上聯手時機，淪為各個擊破的標的。先確實學習如何運用一個排，再請馬修少校或托爾威中校指點你吧。」

伊庫塔列舉在短暫戰鬥中看出的需改善之處，至於對方聽進去多少則另當別論。

「希姆卡准尉則是對機會貪得無厭。我知道你看準良機的判斷力很不錯，在戰場能關注到細節對軍官而言是種優點。不過，包括誘敵與判斷錯誤在內，對時機的取捨能力還有待加強。往後你要好好經歷每一場模擬戰。如果這是實戰，只要出現一個失誤就會全軍覆沒。」

果然指揮會展現出性格差異啊，他繼續講評時心想。無論優缺點都源自於學生們的人格，得費一番功夫才能做到最佳化。

伊庫塔眺望著還在持續變化的戰況，為先前的評論再補充上一點。

「還有——關於你們掉隊之後，士官出身的她到現在還在奮戰這件事。想覺得不甘心是你們的自由，但完全沒必要感到不可思議。因為她曾在我手下經歷過實戰。在指揮連以下規模部隊方面，早就具有我足以打包票的水準。」

雖然教官不該偏袒自己人，不過在對方展現了確切的成果時應該無妨。因為她就讀軍校以來的奮鬥成績，出色得用多少溢美之詞讚賞都不夠。

「這兩年來妳又進步了。妳真是個了不起的女孩，蘇雅。」

「——繼續齊射！」

蘇雅指揮戰鬥的喊聲在樹林中嘹亮地迴盪。除了自己的訓練排，她還代管掉隊的兩名同學剩下的士兵，處處都需要她下指示。

「那邊開火時機太散亂了！就算我不再發出號令，射擊時機也要整齊劃一！即使發射的子彈數量相同，產生的衝擊力也不一樣！現在進行的是壓制射擊，目的是迫使敵軍不敢抬頭！有時間準心亂瞄尋找敵兵，不如朝灌木叢開火！」

戰場在南烏爾特森林地帶東部，是昔日伊庫塔他們對戰薩利哈史拉格上尉時用過的演習場。當時蘇雅作為伊庫塔領導的排的士官參加過演習，如今則率領自己的排，以貨真價實的軍官身分站在此地。這麼一想，她不由得感覺到時間的流逝。

「燒擊兵部隊、光照兵部隊準備展開近身戰！在我方槍兵壓制敵軍期間，繞到兩側襲擊！要你們各自估算時機大概還做不到，等我一發出信號就全力奔跑！」

蘇雅靈活地調遣依兵種分為三組的部隊。她本身是光照兵，但擔任指揮官時也能充分運用燒擊兵與風槍兵部隊。在黑髮青年身邊得到的經驗及兩年來在軍校學習的許多知識，將她栽培成能幹的前線指揮官。

「好——展開衝鋒！往那個討人厭的元帥臉上噴漆彈！」

「打算在這時候全面進攻？不愧是蘇雅，把拼湊出來的部隊帶領得很好。」

待在注重防禦的非正規陣形中央，眼見愛徒的成長令伊庫塔露出微笑。他率領的兩個排依然戰力充沛，對她的猛攻展現堅固的防禦力。

「話雖如此，我方陣形也相當堅固，可以就這麼不成問題的防禦到底，不過——」

就在青年抱著預感與期待這麼說的瞬間，背後的樹林傳來的氣息讓他回過頭。有人正分開草木接近，很快地衝出灌木叢。那些人有著醒目的淺黑色肌膚，手持形似ㄑ形獨特小刀——的木劍。

「——妳果然插進戰局了。這也沒辦法，是我告訴妳高興什麼時候闖入都可以的嘛。」

「換我們登場了！突擊！」

席納克族族長娜娜克・韃爾勇猛的叫聲激勵了同伴們。她率領二十人的席納克族少數部隊，特別參加這場演習。相對於少量的兵力，他們獲得可隨意任選時機闖入戰局的權利，以和奮戰的蘇雅聯手的形式出現在戰場上。

「看到許久未見的席納克族戰鬥英姿了嗎！伊庫塔，做好覺悟吧！」

「——娜娜克的部隊參戰！正與我軍聯手戰鬥中！」

收到他們闖入戰局的消息，與席納克的女中豪傑略有往來的蘇雅當場加以因應。就像承受不住那股壓力，突然被雙面包抄的伊庫塔部隊陣形緩緩地歪斜。

「如此一來，他們的防禦應該會變得薄弱——該怎麼行動？若是他會怎麼做？」

一路經歷多場戰役生存至今的蘇雅絲毫沒有將這視為勝利預兆的輕率念頭。首先應該思考的，是自己站在敵人的角度將如何打破困境。

「面臨包圍時，常規戰術是從敵軍最薄弱的部分殺出重圍。你會攻擊左翼的光照兵部隊？還是右翼的燒擊兵部隊？無論選哪一邊，都要追擊上去從背後——」

就在蘇雅針對敵人可能的選擇逐一安排因應方法的過程中，卻看見出乎意料的狀況變化。

「……？不對勁，兩邊的相對位置和剛才不一樣！」

蘇雅驚愕地瞪大雙眼。分別從左右攻擊敵軍的部隊不知何時被擠到正面，與穿過敵方部隊中央的席納克部隊混雜在一塊陷入混亂。在他們形成阻礙，擋住了位於較遠處蘇雅等人射擊敵軍的彈道。

「這是……將兩翼部隊誘導過來以封鎖射擊，蓄意讓娜娜克的部隊從中央突破往反方向脫離現場……？反過來利用率領少數部隊的她會選擇單點突破這一點……！」

乍看之下好像遭受包夾而扭曲的敵軍陣形，其實是為了創造這個狀況刻意變形的。當蘇雅領悟這件事，肩膀猛然一顫——只能說對方的指揮技巧厲害得可怕。他理所當然地實踐了只要用兵上稍有失誤就會立刻全軍覆沒的驚人絕技。

不知是第幾次目睹伊庫塔．索羅克的深不可測，一股莫名的情緒湧上女子心頭。那股還沒命名的情緒促使蘇雅．米特卡利夫握緊雙拳握到發痛的地步。

「……誰會輸給你！全員中止射擊，開始移動！從左翼繞過我方部隊追擊敵軍——！」

戰鬥後來又持續了四個多小時，在日落之前以她們戰敗為結果落幕。

「……哈～！哈～！哈～！……」

「……呼～！呼～！呼～！……」

蘇雅及娜娜克並排癱成大字形躺在地上大口喘氣。本來指揮官不該暴露這種慘樣，但一路目睹她們如何奮戰至今的士兵們誰也沒開口挑毛病，連先前淘汰的拉耶爾戈准尉與希姆卡准尉都體諒她們的疲憊，代替兩人關照部下。

「妳們都辛苦了。多虧了妳們，這場演習很有意義。」

伊庫塔抱著兩個裝著冰水的水壺過來探望燃燒殆盡的兩人。蘇雅恨恨地望著與二人形成對比，連呼吸都不急促的青年。

「……我看你、很游刃有餘嘛。我明明聽說你跛腳了，再也無法上前線指揮作戰……」

「移動時士兵會揹著我，這也是我不太累的理由。短時間的演習還能藉此蒙混過去，換成實戰就有困難。畢竟在緊急時刻沒辦法自行跑步很危險。」

伊庫塔打開水壺蓋子遞到兩人嘴邊，如此說明自己的現狀。然後——他以上下顛倒的形式探頭注視蘇雅的臉龐，浮現微笑說道。

「最重要的是，以後有妳代替我擔當那個任務。對吧？」

聽到那句話的瞬間，熱淚不由自主地盈滿眼眶，蘇雅慌忙以雙手摀住臉龐。她保持一樣的姿勢雙唇顫抖地說。

「你別自以為了不起……我才沒有在等你回來。」

「嗯……」

「就算沒有你我也好得很。既不覺得忽然失去了立足點，在房裡獨處也不會沒來由地想哭……更不會只為了想看你哪怕一眼、聽你哪怕說一句話，在皇宮周遭像個傻瓜似的徘徊一整天。」

淚水順著蘇雅的臉頰滑落，沁染在泥土上。彷彿同樣潰堤的思念也化為言語滿溢而出。

「我自認下定決心要忘掉一切，埋首投入學習與訓練直到腦海一片空白——可是到頭來，我才沒有一心只想把成果展現給你看。我絕對沒想過……只要我變得比任何人都優秀，你或許終有一天會回來。一點也沒這樣期待過。」

青年的右手輕觸她濡濕的臉頰。那個觸感使得某些防線更加崩潰，無從收拾感情的蘇雅說出藏在心底最深處的那句話。

「——我討厭你。」

伊庫塔什麼也沒說，只是一直撫摸她的臉頰。就像在疼愛她，就像在憐惜她，就像依偎著蘇雅不顧一切地鑽研學習等待他歸來的心。

「…………只有現在，我就特別容許一次……」

此時躺在一旁的娜娜克喃喃地說出的話，除了她本人之外誰也無從得知。

「……嗯……」

那天早晨。她在自己房間的床上醒來，一如往常地展開新的一天。

「早安，米爾。我想要冷水。」

她將籠子裡的搭檔水精靈米爾抱到身旁，讓米爾往放在枕邊的茶杯加水。她喝下冷水後精神抖擻地清醒過來，立刻開始打理儀容。

——今天也得整天都扮演乖孩子嗎？不能惡作劇真無聊～

反正沒有旁人看見，派特倫希娜露骨地嘆了口氣。於是——在她洗好臉穿上上衣時，門口傳來含蓄的敲門聲。

「——？好的～我這就開門。」

有人造訪這裡並不稀奇，但站在間諜的立場總是會產生戒心。她內側打開門鎖開門——熟悉的黑髮青年舉起一隻手的身影躍入眼簾。

「嗨～」

「咦？」

由於太過突然，就算是派特倫希娜也來不及推測他的用意。也許是從她的模樣看出她剛起床，伊庫塔滿懷歉意地舉起雙手。

「哎呀，妳剛剛起床？失禮了，我晚點再過來。」

「啊——沒、沒關係！呃，請等我五分鐘，我會打理好的！」

她說完後先關上門，回到房內迅速環顧四周……被發現會出問題的東西都沒放在能夠輕易發現的地方，房間的整齊程度也不至於損及哈洛的顏面。派特倫希娜判斷讓他進來不構成問題，再度打開房門。

「久、久等了，請進……」

「嗯，打擾了。」

徵得她的同意，青年輕鬆地脫下鞋子走進室內。「喔～」伊庫塔來到兼作為臥室的起居室，看到擺放在各處的拼布及毛線動物玩偶發出感嘆的呼喊。

「好熱鬧的房間。布玩偶和毛線玩偶……厲害，原來妳做了這麼多個。」

「是的——不過，咦？一眼就能看出來這些玩偶是自製的嗎？」

派特倫希娜有點吃驚地問。哈洛自負有雙巧手，認為自己親手製作的玩偶與外面賣的成品相比毫不遜色，對此暗暗感到自豪。

「我偶爾會在宿舍談話室等地方看見妳在做玩偶。每次我們一來妳就收起來，所以並不顯眼。像這個玩偶，是妳剛從軍不久時的作品對吧？」

伊庫塔拿起一個造型像長手長腳樹懶的毛線玩偶說道。派特倫希娜回溯哈洛的記憶，淺笑著回答。

「既然都被你知道了這麼多，說出來也沒關係吧。其實那個娃娃……是根據你的形象設計的。」

「咦？……的確，這種懶散的調調倒還滿有親切感。」

「右邊的娃娃是雅特麗小姐，塞在兩者之間的是陛下。後面兩個則是馬修先生和托爾威先生。仔細看起來是不是很像？」

「聽妳這麼說，特徵確實滿符合的。嗯嗯……那麼，哪一個是妳？」

伊庫塔看著那些親暱地排在一起的毛線玩偶發問。可是，她對那個問題搖搖頭如此回答。

「這裡面……沒有我。欸嘿嘿。我覺得做自己的份太麻煩，就偷懶了。」

「這樣子、我們、會寂寞。」

伊庫塔以雙手抱起毛線玩偶，模仿腹語術的說話腔調。派特倫希娜發出輕笑轉過身。

「我去倒茶。你想加幾匙糖？我出得起，別客氣。」

「那加兩匙吧，今天預計要消耗不少體力。」

「這樣嗎。要去哪裡呢？」

派特倫希娜將每天預先泡好放在茶壺裡的茶倒進杯裡，再加入米爾製造的冰塊與珍藏的砂糖，用托盤端著兩杯茶從廚房回到起居室，發現青年手捧一大束花滿臉得意地等著她。

「我是來約妳出去約會的。」

伊庫塔單膝跪地遞上花束。派特倫希娜愣愣地接過花，嘴巴兀自動起來將疑問脫口而出。

「……這束花是從哪裡變出來的？」

「祕密。先挑這一點吐槽，真像妳會做的事。」

當青年語帶苦笑地回答，她本人才終於察覺異狀——沒錯，剛才那句話的確出自哈洛，而不是我。

「不過，方便的話就和我約會吧。畢竟我們足足有兩年沒好好聊過，偶爾和我共度假日也不錯吧？我會盡力當好護花使者。」

配上花束，伊庫塔以極其正統的方式邀她出門。派特倫希娜在心中猜測他的意圖，目光迅速往下看去。

「很高興你來約我。可是……你的腿不要緊嗎？」

「只要穿插休息時間，走起路來不成問題。不過還有點跛就是了。」

「還有元帥的工作……」

「事情都有優先順序。」

伊庫塔肆無忌憚地斷然表示。他突然改變態度的速度之快，讓派特倫希娜都不需要假扮就笑了出來。

「那麼……我答應。現在就上街對嗎？」

「嗯，馬車已經安排好了。我在這裡喝茶，妳慢慢準備就好。」

伊庫塔坐在待客用的椅子上，徹底進入放鬆休息狀態。他的登場立刻將無聊一掃而空，派特倫希娜滿懷緊張與興奮。

「那請稍等一下。好久沒有化妝打扮了，我去準備。」

她說著走向衣櫥，同時十分確定——這是露出破綻的預兆。

「嗯～！帝都果然很熱鬧！」

搭乘晃動的馬車抵達帝都市內，派特倫希娜活力十足地伸展手腳。就算在路上來來往往的行人中，她的身影看起來也特別耀眼。

「聽說今天西邊廣場有街頭藝人的雜技大賽，我想過去看熱鬧，順便在露天攤販解決午餐，這個計畫如何？」

「非常贊成！我最喜歡街頭表演了！來，走吧！」

派特倫希娜一口答應，邁步前進。在注意表現出哈洛言行舉止的途中，她想到哈洛從前不曾有這種經驗。

「像這樣和伊庫塔先生兩個人走在街上，感覺好新鮮。」

「是啊，很少只有我們兩人單獨出來，而且我覺得妳總是和騎士團的同伴們聚在一起。」

「和大家相處最舒服了。所以……每到晚上得和大家分開時，我總是覺得很寂寞。」

她說出哈洛毫無虛假的心聲。此時，她在視野一角發現能勾起哈洛興趣的東西，停下腳步。

「啊，那家舖子前面擺著塔茲克織物！伊庫塔先生，可以過去看一會嗎？我最喜歡這種布料了！」

「當然沒問題。難得上街一趟，過去挑適合妳的布料吧。」

他們一起站在服飾店前，望著一匹又一匹展示品。

「觸感光滑又美麗……我第一次看到這種顏色的……伊庫塔先生？」

派特倫希娜不解地呼喚。因為身旁的伊庫塔露出一臉像舊貨商鑑價般的表情，猛盯著每一匹展示品。

「這個可以，這個也可以……嗯，沒問題，這家店賣的布料品質很好……抱歉，這麼不解風情，我過去有一段關於塔茲克織物的回憶。造成我一看見這種布料就忍不住鑑定真假。雖然我自己知道這個習慣不好。」

伊庫塔語帶嘆息的呢喃。那抹表情喚起哈洛的記憶，她不禁開口。

「……你說的回憶，該不會和雅特麗小姐有關？」

「——妳怎麼會知道？」

這回輪到他愣住。派特倫希娜咯咯輕笑。

「長期看著你自然會發現。伊庫塔先生……因為你真的有很多表情只在想著雅特麗小姐時才會流露出來。」

「真的嗎？傷腦筋……我一直到現在都沒有自覺。」

伊庫塔難為情地搔搔鼻頭。這副樣子刺激著她調皮搗蛋的心，忍不住愈說愈起勁。

「伊庫塔先生，那你還記得這件事嗎？在大家前往艾伯德魯克州的時候……」

「妳是說拜訪馬修老家那一次吧。我記得在那裡也發生過了一場騷動。」

「是啊，結果我們發現是當地敕任官為非作歹。不過在調查過程中，我和雅特麗小姐不是假扮成娼妓嗎？在殿下的協助下濃妝豔抹……」

派特倫希娜懷念地訴說著。伊庫塔似乎想起了某些事，表情為之一僵。

「看到我們妝扮後的模樣——伊庫塔先生，你記得自己說過什麼話嗎？」

「………」

「都經過那麼久，你可能早就忘了。當時——你先看著我突然大喊一聲『我買了！』，惹得殿下和雅特麗小姐發火，立刻被趕出房間……你離開時悄悄地對雅特麗小姐說出一番話。」

派特倫希娜沒有把伊庫塔當時的台詞講出來，視線從他身上轉開。她以別開臉孔來煽動不安的情緒，說出致命的那一句話。

「這種露骨的差別待遇——傷我傷得很深～」

「…………」

「伊庫塔先生？怎麼了呀，你流了好多汗耶？」

她回過頭掏出手帕問道。中招的伊庫塔奄奄一息地開口。

「……好為難。我應該立刻下跪把頭磕在地上向妳賠罪，可是在眾目睽睽之下這麼做又會害妳蒙羞……」

他受到的打擊比想像中更大。派特倫希娜滿意地露出笑容。

「呵呵！——開玩笑的，請別當真。」

她彷彿要補償般牽起伊庫塔的手。她已分不清這麼做是出於自己的希望還是哈洛的希望。

「再說——只有今天，我可以獨占伊庫塔先生啊。」

「——啊，真開心！」

大約四小時後，兩人看完西邊廣場上的表演，悠閒地在暮色漸漸籠罩的帝都街道上散步，朝馬車停駐點的方向走去。

「雖然很久沒看街頭表演非常期待，真沒想到有這麼多種花招！不愧是繁華的帝都，聚集在這裡的藝人水準真高！」

「是啊，值得一看。看到妳這麼高興，再好也不過了。」

對於她直率地展現心中的喜悅，伊庫塔回以微笑。他拄著拐杖往前走，在此時提議。

「馬車停靠處在那個方向，不過還要一點時間才會過來接我們。找個安靜的地方休息一會如何？」

「說得也對。剛剛興奮過頭，我也想喘口氣。」

「順便買個飲料。大叔，兩杯冰果汁。」

露天攤販的老闆接過一張紙鈔，給了伊庫塔兩杯現榨鳳梨汁。由於一手拄著拐杖，他用另一隻手的指縫夾住兩個木杯。可是——

「哎呀——」「啊！」

杯子似乎大得不適合這種拿法，伊庫塔的手指在遞出飲料給派特倫希娜時滑了一下。其中一個木杯脫手掉落——她迅速伸出左手在千鈞一髮之際接住。

「接個正著！呵呵，一滴也沒灑出來！」

「抱歉，謝了。才出來玩半天，我居然連東西都拿不穩了。」

「我們快找個地方坐一下。那邊好像比較安靜——」

伊庫塔在派特倫希娜東張西望環顧四周時倏然指出某個方向，她也發現在兩棟建築物之間，比較裡面的地方有一張長椅。於是二人便走了過去。

「嗯，這裡剛剛好。我先拍拍灰塵……來，請扶住我的肩膀。」

「謝謝。其實比起走動的時候，時而站立時而坐下對我來說反而更吃力。」

「我想過會是這樣。請盡量找我幫忙，畢竟我可是騎士團唯一的醫護兵！」

他們倆熱絡地聊著天，在長椅上並排坐下來小憩片刻，將飲料送到嘴邊，咕嘟咕嘟地喝下酸酸甜甜的果汁。

「…………」「————」

以這個動作為分界線，奇妙的沉默籠罩下來。與先前快樂的氣氛有所區別，這股沉默裡蘊含著靜靜的緊張感。

雙方保持沉默過了幾分鐘，但那不是無話可說的消極沉默，而是本身具有意義的積極寂靜。

——終於要開始了。

派特倫希娜也領悟到兩人想法一致，都在為即將展開的談話做好心理準備。

「……吶，哈洛。妳對人類的心有什麼看法？」

首先出擊的是伊庫塔。面對過於含糊籠統的問題，她同樣以含糊籠統的印象回答。

「心——是嗎？好難的問題。確實存在但肉眼看不見，容易受到傷害……這是我的印象。」

這個答覆沒經過深入思考，但伊庫塔意外地點頭認同。

「既然心會受傷，那說不定也會受到重傷。會被壓垮、破碎——分裂。」

派特倫希娜心頭猛然一跳。她身旁的伊庫塔斷斷續續地說著。

「我的老師阿納萊博士對於這一類的精神異常也感興趣，進行了研究。他透過弟子的人脈從全國各地收集了各種病例，在那個過程中注意到頻繁出現在這些資料中的一種現象。」

「……現象？」

伊庫塔注視著飲料杯內的水面點個頭。

「對。就是——惡靈上身。」

聽他說出意外的詞彙，派特倫希娜雙眼圓睜。

「這是指一個人某天突然變得判若兩人的狀態。原因被認定是有惡靈入侵取代了那個人原本的心，所以稱作『惡靈上身』。」

伊庫塔含了一口果汁潤唇，又往下說。

「那些病例報告把直接原因歸為惡靈上身，另一方面大多針對病患本身或其血統尋找被附身的誘因。例如總是嫉妒別人、做出違反信仰的行徑、祖先曾經暗中謀害神官——他們認為惡靈偏愛挑這類『不淨之人』附身……當然這是通俗解釋，阿爾德拉神學裡的『惡靈』概念更加複雜。」

「…………」

「不管怎樣，我們科學家當然會挑剔這種探究因果的方法。儘管程度有輕重之別，大多數人都曾嫉妒他人或違反信仰。輕易拿這種普遍因素當成原因，等於在說『罹患這種疾病的人一定會喝水，所以水即為病因』。別說證明，這個假說本身就非常空洞。至於祖先暗中謀害過神官之類的說法，大部分案例連是否屬實本身都很可疑。

進一步來說，第一步就朝『惡靈』這種未觀測到的事物探究原因，本身在研究上就是個糟糕的決定。應該要等到徹底調查過其他所有因素還是無法解決時，才無可奈何地採用這種作法。因此——我們將『惡靈上身』視為人類本身的精神疾病展開研究，而非當成惡靈作祟。」

伊庫塔說到此處暫時打住，讓派特倫希娜也產生預感——下一句發言將更接近這個話題的核心。

「在研究過程中，『多重人格』此一概念應運而生。」

感覺到心跳漸漸急促起來，她繼續傾聽青年的話語。

「這項假說認為對心理造成強烈打擊的遭遇或日常生活的壓抑感，可能導致人類的精神分裂成複數，也就是心如字面意思般破碎了。碎裂後的每一片碎片各自展現獨立的言行舉止，在旁人眼中看來就像變了個人似的——這是我們最早發明用來解釋『惡靈上身』真相的理論。」

「…………」

「作為論述的根據，我們調查了被認定為『惡靈上身』者在發病前的生活環境，發現環境大都在心理衛生方面極其特殊及惡劣，像是遭受虐待、過量工作或被無視等等。我閱讀每名患者的資料時曾經想過——長期在這種處境下生活，不需要什麼惡靈出手，人也會精神失常。」

伊庫塔語帶嘆息地說著，又啜飲一口果汁。無須像他一樣反覆思考，派特倫希娜也知道實際情況上正是如此。因為她親身經歷過。

「不過，對於以『多重人格』這種疾病來替換『惡靈上身』這種現象的思考方式，我個人也抱著疑問。首先，『多重人格』真的是疾病嗎？」

伊庫塔所說的內容這次似乎前所未有地複雜。派特倫希娜再度專心聆聽。

「我認為在社會意義層面的健全心理——即善良的心，基本上是透過學習形成的。更精確地說，為了讓人得以清白正直，一個表現得清白正直具有意義的環境是不可或缺的。再換個說法，在善良會害死自己的環境培育不出善良。例如有十個人瀕臨餓死，卻只有三條麵包的狀況。跟大家分著吃顯然只會餓死，那就搶走別人的麵包倖存下來——這是沒有任何教育及倫理干涉時，生命會做出的率直判斷。」

此時，庫斯從腰包裡探出頭。伊庫塔以指尖溫柔地撫摸他的臉頰。

「儘管有精靈這種重大例外，這就暫時先放下不談免得離題。回到正題——舉例來說，如果有一名少女的精神依照自身成長環境的規則完成了發展。溫和的環境會養出溫柔和善的孩子，艱難的環境會養出性格彆扭的孩子……這樣歸納略嫌太過草率。人類心理的發展，實際上沒有那麼單純。」

「…………是啊。」

「不過為了方便起見，還是要容許一定程度的簡略化……那麼，什麼環境會引發人格分裂？以下推測多半包含想像在內——我想應該是本人置身的環境驟然發生巨大的變化，大到人格來不及進行調整的程度。例如，一名在普通生活中成長的少女突然被拋進暴力的世界會怎麼樣？直到昨天為止從來沒揍過人的她，應該很難適應那個環境。就像一塊捏成蘋果形狀後陰乾的粘土，沒辦法突然變成葡萄的形狀。」

實際上發生的情況和他說的一模一樣，她心想。那就是她誕生的土壤。

「周遭充滿威脅，沒有時間慢慢適應那個環境，卻還是想設法生存——我認為此時潛意識會做出判斷，設立與至今的自己截然不同的人格。」

「…………」

「若是這樣，這應該稱作適應而非疾病，或是換個說法叫生存戰略也行。無論社會如何看待這樣的型態，那都是她為了生存下去非做不可的改變。拯救而非危及她的性命——我無法將這種狀態稱作疾病。不，我認為不該這麼稱呼。」

他說到此處暫時打住。派特倫希娜緩緩地轉向青年。

「……這話題真有趣。不過，為什麼要跟我說這些？」

「我打從一開始就不認為尤格尼少校是間諜。」

伊庫塔看似忽略她的問題，其實卻一針見血地回答。然而，說出這個答覆並未給青年帶來任何喜悅。他帶著滿臉苦悶之色繼續道。

「我無法想像精明到直至那天為止都潛伏在軍隊深處的人物，會在那個場面因焦慮和粗心大意犯錯。那是專為我設計的假造安心要素。內奸按照你的計畫被揪出來了，放心吧——背後的意圖顯而易見。」

派特倫希娜在心中表情一陣抽搐。能夠識破到這種程度的人也只有你而已——她心想。

「從重逢的瞬間起，我就感到有點不對勁。眼前這個人，似乎和我認識的她有微妙的差異——當然，光是這點差異還能認為是兩年時光造成的。」

「…………」

「可是，我沒有忽視那股不對勁的感受。不，是做不到。因為——我對妳感到內疚。」

「……感到內疚？」

聽到意外的一句話，派特倫希娜鸚鵡學舌地重複一遍。伊庫塔無法直視她，沉重地說道。

「我一直沒好好面對妳。」

這個瞬間，她胸中掠過一陣刺痛。這股疼痛，是哈洛聽到這句話的感受。

「我和雅特麗直到最後都坦誠相對。我厚顏無恥地主動插手管起托爾威的掙扎，也從以前起就在身旁關注馬修的努力歷程。現在我正試圖以我的方式來接納夏米優抱持的陰影……然而和他們四人相比，我對哈洛——對於妳的認識實在太淺。」

「……這……」

「從初次見面開始，妳就給我極佳的印象。妳沉穩又溫和，光是在場就能讓氣氛緩和下來。這樣的妳一直是騎士團不可或缺的存在，妳始終保持一如往常的笑容，真的非常值得感激……在我缺席的這兩年之間，想必也是如此。公主、馬修與托爾威——他們三人的關係得以勉強維繫，應該是妳居中協調的功勞。」

在感激與自我厭惡之間左右為難，伊庫塔咬住嘴唇沮喪地垂下頭。

「正因為很多同伴都抱著複雜嚴重的問題，妳的存在讓我安心。我認定只有妳沒有任何問題——不對，是希望這麼想。雅特麗的情況、托爾威的情況、馬修的情況、夏米優的情況、其他部下的情況……當時我滿腦子都在處理這些事，無法再考慮到更多……結果我愚昧地疏於認真思考妳的一切。」

伊庫塔將手中的木杯緊握到嘎吱作響。但派特倫希娜對自責不已的青年投以燦爛的笑容。

「——那也沒關係。正如伊庫塔先生認為的，我沒有什麼大不了的煩惱，所以才表現得樂天悠哉。如果我的態度能夠幫上大家——不必客氣，以後也請一樣找我尋求慰藉。這樣遠比派不上用場更令人開心得多。」

她以溫柔的話語表達拒絕，將對方的煩惱看作杞人憂天。然而，伊庫塔沒有愚昧到按照字面意思接受的程度。他依然低垂著眼眸，將喝完的果汁杯放到一旁。

「……吶，哈洛。老實說，我不管什麼時候都想信任同伴。」

「…………」

「可是，信任這個辭彙極其纖細，依使用方式而定價值將立刻一落千丈。舉例來說——有一個愚蠢的男人，連想都沒想過重視對象內心深處的想法，甚至一直避免面對對方。那傢伙如果對此心知肚明還誇口他『信任』對方，那根本不是信任，只是表明自己放棄思考罷了。」

這是我絕不會對同伴做的事情，伊庫塔說道。某種超越疼痛的感受在胸中盤旋，派特倫希娜一瞬間喘不過氣來。

「……回到前面的話題，關於我方才提到的多重人格——符合這種狀態的人有幾項共通特徵。其中之一，是切換人格前後的言行舉止有所差異。像是有名女子說起與原本人格不同的語言；原本很討厭運動的男子，變得每天會固定跑步十公里。不過我認為，並非切換人格結果導致行為出現改變，正好相反——是透過改變行為積極的切換人格。這算是一種啟動條件，好讓當事人持續相信現在的自己是和原先人格無關的個體——同時，純粹的演技與多重人格的區別就在這裡。

演技主要是給他人看的表演，但多重人格者將之所以依人格切換言行舉止，首要目的是為自己而做。他們首先必須深信自己變成了截然不同的另一個人物。這並非只要努力人人都辦得到的事情——我認為這是某種才能。」

「…………」

「某些特質翻轉至另一個極端，是比較常見的典型啟動條件例子。例如本來沉默寡言的人變得非常多話、本來連聞到酒味都不喜歡的人開始無節制的痛飲等等。或是——在更誇張的案例中，原本是右撇子的人變成了左撇子。」

青年的視線投向坐在身旁的女子雙手上。

「在我所知的範圍內，哈洛，妳是右撇子。然而剛才我手中的飲料快掉下去時，妳迅速伸出左手接住……儘管應該是右手離飲料杯更近。」

「…………」

「因為現在的妳是左撇子。就算平時假裝慣用手是右手，還是會反射性地伸出另一隻手。這多半是妳專有的啟動條件，所以無法全靠演技掩飾過去——不，唯獨這件事不能徹底假扮掩飾。做出瞬間反應的慣用手與哈洛相反這件事實本身，在根本上支持著妳這個不同人格的存在。」

真是令人震驚的觀察能力。派特倫希娜心中想著，嘗試做點反駁。

「這未免也太牽強了，伊庫塔先生。我可是醫護兵耶？切開與縫合傷口對我而言是家常便飯，因此左右兩手的手指都練得十分靈巧，所以實質上接近兩手同利。做瞬間反應伸出左手也沒什麼好不可思議的。」

伊庫塔沒有繼續反駁她的解釋。於此同時她也領悟到——青年不是無法反駁，而是這麼做沒有意義。他並非只靠右撇子或左撇子這種模稜兩可的依據來追究她的身分，還有更致命的一擊留在後頭。

「如今的我沒資格說我『信任』妳……即使如此，我並非對妳毫無關注。在局部上還是有我足以確信的部分。」

就像在說唯獨這一點他絕不退讓般，伊庫塔低垂的眼眸中露出了強而有力的眼神，說出他的確信。

「哈洛與我們共度過的歲月、一同在戰場上奮鬥求生的時間、她對我們的感情全部毫無虛假。這甚至沒必要舉出依據——騎士團全員共度的時光的記憶本身即是證明……我還不清楚妳心中那股惡意的真面目。就算如此，妳心中有善意存在是無庸置疑的。

因此我才得出人格不同這個乍看之下不合邏輯的答案。妳心中有善意與惡意並存，兩者一般來說理應混合交融成灰色，在妳心中的黑與白卻分別獨立存在。根據這所有的事實——除此之外沒有其他答案能夠說服我。」

派特倫希娜在心中咬牙——她無法承認。她怎麼也無法承認，青年經過這樣的思考抵達真相這件事本身。

因為哈洛的善意確實存在，所以探尋惡意同時並存的可能性？這種主觀的思考方式偏離起點太遠，對照他奉行的科學理念應該也是違反規則的。

「你太鑽牛角尖了，伊庫塔先生。什麼多重人格、左撇子怎麼樣的——不必費那麼大的功夫絞盡腦汁想出困難的答案，我心中沒惡意，這打從一開始就是結論。」

她不承認。假如有東西能夠瓦解作為間諜的自己，那必須是更加冷酷的思維。只要他不展現冷酷的想法，不管再怎麼說她都絕不認輸。

「……妳始終想要做個了斷吧。」

伊庫塔也察覺她的意思，察覺那是對方無法退讓的底線。

「那就由我就給妳了斷。」

所以他開始了。青年用力咬緊牙關——根據冷靜的分析與證據曝露同伴的犯行，對他來說只是種苦行。

「……在桌狀台地打防禦戰時，我在戰鬥開始已預測到敵方應該會投擲精靈過來縱火，同時估計——精靈可能會成為敵軍與內奸聯繫的手段。」

當他說出這番話，一股寒意竄過派特倫希娜的脊背。

「要從那片陣地內傳遞消息給齊歐卡方相當困難。狀況不容許放出信鴿，射出箭書又可能沒被齊歐卡軍發現，而打光信號在傳遞過程上太花時間。那麼一來，最確實的方法就是由精靈代為傳令。只要把攜帶訊息的精靈拋下懸崖，他們自己會從著地位置走向齊歐卡兵們。」

「…………」

「不過，傳訊不能使用自己的搭檔。精靈是軍人不可或缺的搭檔，這趟去那邊傳訊之後就回不來了。說歸這麼說，其他帝國兵的精靈又不會聽話行事——所以，我注意到齊歐卡軍投擲過來縱火的精靈。因為他們會確實地帶著情報回到齊歐卡軍營。」

毀滅的預感無止境地攀升，使得派特倫希娜像喘息般呼地吐出一口氣。

「推測到這裡時，我做了一個安排——隨著戰鬥開始，同時在陣地內放出當時俘虜的幾十個齊歐卡火精靈。」

她知道。當人類被逼進絕境的時候，臉上會自然地浮現笑容。

「當時，妳不覺在腳邊徘徊的精靈數量特別多嗎？那些精靈一半是齊歐卡軍投進來的，另一半則是我下令放出去的。當然，我安排了讓人難以分辨兩者差異——不如說是齊歐卡軍投擲過來的精靈假扮成帝國軍精靈的樣子。想要區別難度極高。再加上我還仔細囑咐那些精靈，以保障證被俘虜的主人的安全作為交換，要他們被任何人問起都回答自己是正從事作戰行動的齊歐卡軍精靈。」

冷血、冷酷，徹底毫不留情的陷阱。她心想——就是這個。若想要瓦解她，非得用上這麼鋒銳的利刃不可。

「理解了嗎？我在齊歐卡投擲過來當間諜的精靈中進一步混入了雙面諜。然後將毫不知情的士兵們抓來的精靈嚴加區別，反覆放出去……這麼一來將會如何？

答案很清楚。比起一度被捕就沒戲唱的齊歐卡間諜精靈，我多次放出去的雙面諜精靈被內奸注意到的機率較高。因為從半空中掉下來的真間諜精靈本就顯眼，沒多久就被抓了，到了戰鬥後期，整體大概超過八成的精靈都是自己人。」

他所說的一切，都是她自負為獨門絕活的技術。然而那種想法是她的自我陶醉。此刻她才正確地理解到，約翰．亞爾奇涅庫斯拒絕採用她的報告的理由。

「當時可推斷內奸取得了兩個精靈。其中一個似乎前往齊歐卡軍傳訊，應該幸運的是真正的齊歐卡精靈……不過，另一個呢？」

如同伊庫塔一直以來都沒好好面對過哈洛的陰暗面——她們也沒有探究出青年的能力有多強

大。她們以前並未深入了解過。別說深度，就連廣度也不清楚。

「沒錯，那就是在尤格尼少校背包裡找到的精靈。雖然表面上宣布是敵方精靈——他在背後暗中來到我這裡報告了真相。」

問題的解答即將完成。青年以最高明的形式替作為間諜的她們下了最終宣告。

「所以，關於抓住他並藏進尤格尼少校背包裡的人物是誰……我在那時候就知道了。」

伊庫塔如此作結，再度垂下眼眸。對於自己活像將同伴開膛破肚挖出內臟的行為——他感到極度厭煩。

「——精彩極了。」

陌生的女聲傳入耳中，伊庫塔反射性地抬起視線，發現自己的推測說中了。眼前女子的笑容、聲調、存在感——都不可能屬於他認識的哈洛。

「徹底輸得一敗塗地，害我都快發狂了。簡直連笑話都算不上啊。才以為形勢變得不太對勁，結果其實早在很久以前就被將死了。」

女子捧腹咯咯輕笑。強烈的衝擊繞了一圈轉變成自嘲，被揭穿所有偽裝的她仍保有奇異的開朗。

「伊庫塔．索羅克，你知道間諜在上任地點絕不會做的事情——是什麼嗎？」

「…………」

「我現在就向你做一次，當成這次恥辱的紀念。」

女子站起身在伊庫塔前方將裙襬左右捻起，殷勤地報上姓名。

「午安——我是派特倫希娜。希望你能記住，你可是我直接報上這名字的第二個人。」

伊庫塔倏然瞇起眼睛。傳入耳中的異國名字，彷彿打開了記憶的抽屜。

「《愛惡作劇的派特倫希娜》……是取自前尼塔達亞的童謠嗎。」

「喔，你連這首童謠都知道啊……對了，你母親本是齊歐卡人。這首童謠在那邊意外地知名，聽過也不稀奇。」

也許是發現出乎意料的聯繫使她心情愉快，女子加深笑意在敵國土地上自我介紹。

「就像你發覺的，我原本是童謠的主角，是乖孩子哈洛憧憬不已的壞孩子英雄。依照你的說法來解釋，算是另一個人格吧。」

「妳們是從什麼時候起、遇到了什麼事才變成現在的狀態？」

「任君想像。那些事我不想一一提起——不過，你大概猜得到吧？只要看看我們，至少想像得到我們是在哪種地獄中長大的。」

她只語帶保留地這麼回答，沒有多說。也許是落敗的紀念儀式到此結束——直到一秒前散發的開朗氣息銷聲匿跡，屬於間諜的冷意再度籠罩了她。

「好了——差不多該結束了。」

話說到一半，她已經單膝跪在長椅上，身體緊貼著伊庫塔。那姿勢在旁人眼中就像一對情侶在接吻，然而——女子左手散發鋒利光芒的小刀抵著青年的脖子。

「士兵埋伏在那邊那棟房子二樓，準備在緊要關頭來一發狙擊——對吧？」

「……」

「很可惜，你們錯過了時機。當我移動到被你遮住的這個位置，風槍便無法開火。而且……在使出其他任何手段之前，我都會早一步割斷你的咽喉。」

派特倫希娜妖媚的嗓音落入青年耳中。原先對於暗殺手段的忌諱已排除在意識之外。在間諜活動失敗後，她所能做到的最後一件工作，只剩下殺害往後將對齊歐卡構成最大威脅的此人後逃亡。

「——不過，我不明白。明明好不容易贏得了諜報戰，你為何要做這種近乎自殺的舉動？明明只要毫不猶豫地解決掉我就行了。」

帶著疑問和嘲弄的話語於近在咫尺處響起。哈洛正看著——她與伊庫塔交談。在用上最終手段的她心底，哈洛束手無策地看著一切即將再也無法挽回的瞬間發生。

「想留下遺言就說吧。我對於你在死前會說些什麼，也是有點感興趣。」

派特倫希娜帶著一臉決定取他性命的表情，向獵物提出最後的遊戲。伊庫塔聽到之後，任憑利刃架在脖子上隨意地點點頭。

「……對啊。我是有話想說。」

他同時直視著哈洛的眼眸。

——咦?

他們四目交會。哈洛穿透派特倫希娜，在她這個表現在外的人格底下與伊庫塔互相凝望。派特倫希娜驚訝得心臟差點停止跳動。

「哈洛，妳是壞孩子。」

青年說出的第一句話，比任何利劍更加鋒利的狠狠刺進她的胸中。沒錯——自己是個壞孩子。這個事實一旦曝露，就再也得不到任何人的愛……

「一個很壞的壞孩子……就像我們所有人偶爾都會耍壞一樣。」

被伊庫塔的下一句話打個措手不及，哈洛再度抬起正要垂下的眼眸。

——啊……

她原本以為壞孩子是句責備。不過並非如此。青年注視她的黑眸散發溫柔的光芒，不帶絲毫要定罪的意圖。

「不過，這樣就好。即使妳不是乖孩子，並不純真善良，就算玷汙雙手罪愆滿身——也有一個地方會寬恕這一切。」

他緩緩地向藏在惡意底下的哈洛伸出手。既非定罪也非要求她贖罪，僅僅伸出手迎接對於自己無法當個乖孩子感到徹底絕望的少女。

「回來吧。妳遲遲不回來，我們一直都在等妳。」

什麼也不問。什麼也不打聽。妳是誰都無所謂——哈洛到了此刻終於體認到，黑髮青年是打從一開始就抱著那個決心來見她們的。

「是乖孩子也是壞孩子的哈洛——我們每個人都很喜歡妳。」

在結局即將來臨之際，她發現——自己早已被深愛著。

「…………咦……？」

結束最後的遊戲，準備以小刀割斷伊庫塔咽喉的派特倫希娜動作軋然而止。

「…………拜託，哈洛。別鬧了。」

她的手腕被抓住了——被右手，哈洛的慣用手。右手像把老虎鉗般發揮從平常的她身上無從想像的力道制住持凶器的左手，令左手動彈不得。

「住手——現在是我出場的時候吧？難得我正要把一切全部毀掉耶？」

派特倫希娜陷入恐慌狀態。她無法理解——為了使哈洛在地獄深處存活下去而誕生的她，完全推斷不出來哈洛為何在此時阻止自己。

「為什麼？為什麼阻止我？什麼善意、奉獻的，我們要徹底踐踏破壞那些玩意——這不是我們的心願嗎！不是我們一直以來生活的地獄的規則嗎！」

她還不知道，自己認識的地獄並非這世上的一切。

「明明決定了，為什麼妳事到如今還──啊！」

尖叫聲突然中斷。派特倫希娜被來自內在的抗拒壓倒，腦袋猛然向後仰──接著無力地頹然垂下。

然後──女子顫抖的雙唇吐出虛弱又沙啞，卻屬於伊庫塔熟悉之人的聲音。

「……我的、心願……」

她低垂的頭慢慢抬起。哈洛瑪．貝凱爾按住依然稍有放鬆就會失控的左臂，帶著一臉又哭又笑的神情表明心緒。

「…………心願、剛剛、實現了…………」

一步、兩步、三步──哈洛按著左臂從青年身旁向後退……建立在無數自我欺騙上的善惡兩面性。她親自否定了作為雙重人格基礎的報復衝動，面對長久以來遺落的真正心願。

「……啊啊──」

一直當個乖孩子沒得到回報的她。

因為繼續當乖孩子無法生存而萌生惡意的她。

相信不是乖孩子就沒資格被愛的她。

只要一次就夠了──她希望有人告訴她，就算妳是壞孩子我依然愛妳。

「……伊庫塔先生……」

那個心願在此圓滿。不，是她剛才終於得知早已如願以償。

為什麼沒發現呢——自己如此幸運地擁有一群好同伴。不必開口表明自己想要被愛、不必支付被愛所須的代價——身邊也有這些人純粹地愛著她、接納她。

在有生以來第一次感受到的幸福籠罩之下，哈洛面露微笑。笑得無比心滿意足，無比澄澈透明。

沒錯，所以——為了保護那些同伴。

「……能夠遇見你們，真好……！」

她向惡意的左手奪過小刀，毫不猶豫地刺向脖子。

他呼喚狙擊手（托爾威）的名字，幾乎同時拋開拐杖整個人撲了過去。

「喔喔——！」

哈洛右手的小刀被子彈彈飛，伊庫塔在此時整個人撲了過來，抓住她的右臂一起倒在地上，連手臂帶身軀按住哈洛。

「——不行，伊庫塔、先生——放開、我——！」

「誰要放手！」

哈洛神色悲痛地試圖推開青年。這也難怪——她的左臂依然掙扎著渴望殺害伊庫塔。但伊庫塔完全沒把那個威脅看在眼底，僅僅傾注全力阻擋她企圖自殺的右臂。除了絕不讓哈洛死去的想法，他的行動沒摻雜任何雜質。

「求求你，放開我——讓我死——不然、我會、忍不住殺了你……！」

「我不要！」

哈洛渴望自盡成功。雖然知道她這麼做是為了保護他的性命，伊庫塔還是堅持不允許。

「我才不讓妳死！我不會再讓騎士團的任何人比我更早死去……！」

他在剎那間猛然動腦思考，尋找解決一切的方法。狙擊手的位置太遠無法立刻趕到，現場只能靠他設法解決。

——愛惡作劇的女孩派特倫希娜，今天是妳遭報應的日子。

這兒那兒的惡作劇全被發現，狠狠挨了罵滿臉是淚——

他選擇的結論，竟然是唱歌。

伊庫塔回憶起沉澱在陳年記憶深處的歌詞與旋律，在哈洛耳邊開口唱著。

——來了來了她來了，穿紅圍裙的媽媽。

和女兒一起陪不是，手牽著手回家去——

掙扎撲騰的左臂顫抖了一下停止動作。這首童謠是「她（派特倫希娜）」誕生的起源。對她來說熟悉無比的旋律，加上了從未聽過的歌詞。

——媽媽告訴抽泣個不停的女兒，「今天的晚餐要做燉菜。」

那是她最愛吃的一道菜，淚水轉眼間止住了。

滿心幸福的邊走邊唱，一路走到廚房和媽媽一起做菜。

「開始美妙的工作吧。開始我們的工作吧。」——

當滿懷溫柔的童謠迎向幸福結局時……哈洛的左臂已在不知不覺間平靜下來……宛如聽著母親唱起搖籃曲安寧入睡的孩子。

「……正規歌曲裡沒有的第十一段歌詞。這是媽媽我編的。」

伊庫塔保持抱住哈洛的姿勢悄然告訴她。一滴淚水從壓在他軍服上的眼角順著臉頰滴落。

「我很擔心妳。妳四處惡作劇後有沒有好好回家呢，我唱完歌總是很掛心……所以忍不住自己編了結局。一段關於貪玩的愛惡作劇女孩，回到有家人等候的溫暖家園的歌詞。」

哈洛仰望天空，令人懷念的暮色映入眼簾。她不經意地側耳聆聽——遠方傳來小孩子們踏上歸途趕著回家的聲音。

「——太陽快要下山了。回家吧，派特倫希娜。回家吧，和哈洛一起回來。整天四處玩耍，妳應該餓了吧？我們一起做飯吃。」

伊庫塔呼喚。他堅持不肯放鬆緊緊擁抱她的力道，彷彿要將那寶貴的生命緊鎖在臂彎不放。

「和妳最喜歡的大家一起，圍坐在溫暖的餐桌邊——」

天色漸漸轉暗。某處傳來烏鴉的叫聲。

這一刻——不論是乖孩子或壞孩子，暗紅色的夕陽都帶著同樣的溫柔灑落在他們身上。

第四章

Alderamin on the Sky

投入劇藥

「…………唔唔唔……」

置身於籠罩室內的熱鬧氣氛中，金髮少女與黑髮青年並排坐在長椅上，顯得有些心神不寧。

「怎麼了，夏米優？看妳面有難色，是碰到什麼煩惱嗎？」

「不，不是這樣。我煩惱的問題多得是，但現在並非在想那些事……」

不知該如何表達的夏米優含糊其詞，來回看著身旁的伊庫塔與眼前的景象。

「──哈洛，這個要放進燉鍋對吧？那我隨便剁成塊喔。」

「啊！等一下，小馬。那種薯類不好煮透，不剁得很小塊不行。」

「好的，請剁成兩公分立方的小方塊……嗯～肉類的預先調味這樣子可以嗎？再加點辣也……」

馬修、托爾威和哈洛三人正一邊親近地交談一邊做菜。為了大家一起下廚，他們還特地在房間繁多的皇宮裡找出符合「附設大小適中廚房」的地點。

雖然一口答應黑髮青年的這個提議，夏米優覺得有些難以推測他的意圖。

「……這到底是怎麼回事？」

「妳不喜歡和大家一起做晚餐吃嗎？」

「不，那樣很好。雖然很好……該怎麼說，這樣子簡直就像……」

普通的家庭晚餐一樣——剛要說出口，夏米優回想起自己沒資格這麼想，把話收了回去。

伊庫塔察覺到她本應接下去的話是什麼，緩緩地搖頭。

「不是『簡直就像』……我覺得這正是普通的家庭晚餐。」

「……哈洛暗中勾結齊歐卡？」

馬修目瞪口呆——時間回溯到三天前。與派特倫希娜的暗鬥了結之後，伊庫塔安慰完像個孩子般不停哭泣的哈洛，在一家不顯眼的旅館訂了個房間召集騎士團成員。

「……只有兩分。既然你難得想開玩笑嚇我一跳，編故事時起碼找個更逼真點的題材。剛才那個笑話特別拙劣。不如說月亮從天上掉下來了，我還會更驚訝。」

馬修從鼻子裡哼了一聲嘲笑道。這對他來說是理所當然的反應，但伊庫塔聽到後當場往他額頭來了一記手刀。

「——喝！」

「咕啊？幹、幹嘛！」

「吾友馬修，很遺憾你也和我同罪，馬上和我並肩向哈洛道歉吧。在這裡不怕被旁人看見……好了～把～頭～磕在～地上～」

「為什麼？」

馬修被迫與伊庫塔併肩趴到地上，滿頭霧水地抗拒著。此時——他以眼神向哈洛求救，發現哈洛用雙手摀著眼睛嗚咽抽泣。馬修驚愕地站起身。

「……咦？……咦？……咦？喂、喂，哈洛，別哭得那麼厲害。只是開個玩笑，你們未免也太賣力了……話說，原來妳的演技有這麼好？」

在他感到困惑的期間，眼淚仍不斷地從哈洛的指縫溢出滴在地上。她哭泣的模樣怎麼看也不像演出來的，馬修困惑地望向站在一旁的翠眸青年。

「吶～托爾威，究竟是怎麼——」

他的問題半途中斷。對方咬緊嘴唇垂下眼眸的樣子，令微胖的青年看出這一點也不是玩笑。

「……………………………是真的？」

馬修像轉動生鏽的發條般小心翼翼地轉向伊庫塔問道，黑髮青年神情嚴肅地抱起雙臂。

「在繼續談下去以前，我要說一句話。這件事非常重要——可以吧？」

伊庫塔邊說邊同時注視著馬修與托爾威，突然拉高嗓門喊道。

「哈洛一樣也會做壞事！」

這句話迎面拋來，令兩人只能愕然地回望伊庫塔。他憤慨地從鼻子裡哼了一聲。

「對於這一點視而不見，可以說是整件事最大的過失也不為過。聽著——這裡是騎士團全員的反省會場。唯有今天，雅特麗也得出席。」

伊庫塔取下腰際的短劍擱在一張空椅上，表現得像她彷彿就坐在那裡，同時再度轉向哈洛。

「總之，哈洛，妳能夠說明事情的來龍去脈嗎？不管得花多少時間都無妨，從最初的開端說起。」

「……是！……」

哈洛擦擦眼淚嚥下嗚咽後頷首同意。伊庫塔溫柔地補充道。

「別擔心，只要好好說明，大家一定會了解。在場的每個人都是如此。」

她連連點頭，以哭得紅腫的雙眼看著同伴們一臉決然地開口。

「——我會交代一切。」

哈洛用了將近一小時大致說明她原先的來歷。

「——雙重人格嗎……唉，比起哈洛純粹用演技騙過我們，這種解釋還更有現實感……」

馬修一臉猶豫地喃喃低語。在還掙扎著要接受事實的他面前，伊庫塔拋出一個提議。

「哈洛，馬修好像很難產生真實感。這樣拖下去沒完沒了，乾脆換她出來如何？」

這太過大膽的解決法聽得哈洛雙眼圓睜。黑髮的青年像要安撫她似的補充。

「她已經變老實了吧？別擔心，到了緊要關頭我們會一擁而上制伏她。」

就算伊庫塔這麼說，事情對哈洛而言也不是能輕鬆點頭說聲「那我切換人格了」就去做的。然而，伊庫塔的眼神透露他是認真的。那雙黑眸在說，讓他們也看看妳的所有面貌吧。

「……！」

即使沒有馬修的懷疑，這依然是遲早必經的通過儀式。將這件事當成必然接受之後，她猛然握緊雙拳下定決心。

「………托爾威先生、馬修先生，只要感覺到危險，請毫不猶豫地開槍射我。」

當然，哈洛也有不麻煩他們動手自己做個了斷的覺悟。她神情緊張地深吸一口氣閉上眼睛，於十幾秒後——一睜開雙眼。

「——我又不是給人圍觀的笑料。」

「嗚喔喔！」

從口吻到聲調都和剛剛印象截然不同的聲音響起，馬修忍不住從椅子上跳了起來。有著哈洛臉孔的女子冷冷地望著他聳聳肩。

「胖子你也驚訝得太誇張了。她說過要切換成我吧。」

「妳……妳是誰？」

「所以說我是派特倫希娜。理解了嗎？如果還是接受不了，要我用一千打哈洛絕不會講的髒話痛罵你一頓也沒問題。」

因為馬修沒有回答，她實際上真的這麼做了。五分鐘後——馬修被超乎想像的語言暴力徹底擊垮，覺得自己像塊破抹布似的趴在桌上。

「……這個潑婦是怎麼搞的……怎樣才能讓人變得如此殘酷啊……」

托爾威也抱著相同的心情吞了口口水。派特倫希娜沒禮貌地靠在桌上撐著雙肘，繼續說道。

「既然你要求看到我們之間的差異，再來的話……我辦得到各種哈洛不會的把戲。例如像這樣變魔術。」

她說完之後，本來空無一物的手上接二連三地變出筆和手帕、硬幣等小東西。喔喔～伊庫塔發出歡呼。懂得類似小技巧的他，知道對方在不經意間達成的事情水準有多高。

「還有，我遠比哈洛強得多。像胖子這種的，我空手就能輕易宰掉。」

「……哼！」

對於白刃戰實力很有自信的馬修對挑釁產生反應。在他們之間快要播下衝突的種子時，伊庫塔迅速插口。

「派特倫希娜。即使是開玩笑，也不該對著同伴說這種話。」

「哈？什麼意思，我才不是你們的同伴——嗚哇！」

她說到一半，被伊庫塔雙手捏住臉頰拉扯開來。近在咫尺的青年嚴厲地瞪著她，繼續說道。

「我重複一遍。再也不准對著同伴說這種話。」

青年如此告誡，揪著她臉頰的肉又拉又放。無法充分抵抗他的處罰，派特倫希娜眼角漸漸泛淚無力地說。

「……是～對不起，以後不說了……」

「懂了就好。」

聽到那句道歉後，伊庫塔迅速放開手。終於重獲自由的派特倫希娜低下頭雙手摩娑臉頰，揚起眼珠子慢慢望向青年。

「……我可以換回哈洛了嗎？」

「想換就換吧。不過，我們找妳的時候記得出來。還有——妳想見我們的時候也一樣。」

伊庫塔沉穩地笑著表示。派特倫希娜不滿地注視他一會，然後靜靜地閉上雙眼。等女子幾秒鐘後再度睜開眼睛，已經換回他們熟悉的哈洛。

「……對不起，她講話很難聽……」

想起剛才張口吐出各種謾罵，哈洛向馬修深深地低頭致歉。馬修和托爾威都露出一臉還沒從衝擊中恢復的表情陷入沉默，看出符合他期望的結果，伊庫塔馬上往下說。

「——唉，就像你們看到的。百聞不如一見，我認為實際見面交談過後，你們便能直覺地發現這不是在演戲。」

「她和哈洛完全是兩個人……這麼想就對了嗎？」

馬修依照剛剛留下的印象問道。可是伊庫塔當場板起臉孔搖搖頭。

「這樣認定，事情又會回到最初的狀態。她也是哈洛。每個人當然都具備的壞孩子部分——在哈洛的情況中就是派特倫希娜。」

唯獨這一點可別搞錯了。青年如此提醒朋友後繼續道。

「過去我們一直忽視她的這一面。這就是我說這裡是騎士團全員反省會場的理由。我們下意識地過度依賴扮演乖孩子的哈洛，這正是我們直到今天都沒發現派特倫希娜存在的理由。」

伊庫塔的聲調透出深刻的反省之色。以錯誤的方式偷懶——是他最重視的規誡之一。

「托爾威、馬修以及雅特麗——如果我秉持和面對你們時同等的熱忱來對待哈洛，應該能更早察覺她的存在。這句話對於我們全體成員來說都適用，希望大家先鄭重以對。」

「……只要找我商量，我一定會幫忙啊……」

「有時候會碰到無法求助的情況。在這種時候主動察覺對方的苦惱，是同伴的職責。」

伊庫塔立刻駁斥了馬修無力的反駁。他的視線依序掃過馬修和托爾威，然後是雅特麗的短劍，語帶嘆息地補充道。

「再說——並非只有哈洛，在我們這圈子裡，性格直率，遇到重大煩惱會馬上找人商量的人打從一開始就不多。」

嗚嗚……托爾威苦澀地呻吟一聲垂下目光。青年指出的問題，實在太過符合他最近的狀況。

在他的身旁，馬修聽完伊庫塔的話陷入沉思，接受他的指正後緩緩開口。

「……我知道我們也有責任。說來的確沒錯，明明是長期共處、足以交托性命的人，我對哈洛的認識卻太少。這個事實令我感到羞愧。」

不過——這和背叛是兩回事。詳細交代妳實際上做過哪些事吧，否則沒什麼原不原諒好談的。」

馬修疾言厲色地逼問。感覺到該面臨的那一刻終於到來，哈洛靜靜地說起。

「……說到認識大家後的間諜活動，第一次是在海戰後的『黃龍號』上。」

聽到意外的名稱，其餘三人瞪大雙眼，分別回顧當時的記憶。

「在我們走海路前往希歐雷德礦山的時候？那是很久以前了……」

「如同你們知道的，我的同類——『亡靈部隊』成員鄧米耶．剛隆海校也在那艘船上。雅特麗小姐識破了他的真面目，然而是我協助他在危急關頭逃亡。」

聽見這句話，托爾威就像突然想到什麼似的點點頭。

「對了，當時被脅持的人質是哈洛小姐。這代表……」

「沒錯，我是故意被抓的。因為要讓他脫離那個狀況，拿我這名海軍眼中的『客人』當擋箭牌是最有效的方法……」

「原來如此……話說回來，雖然剛才沒注意聽進去。妳說妳是亡靈部隊的一份子？」

「是的。雖然我和我們在北域交手過的那批人負責的任務不同，是特務部門的新人……」

馬修雙手抱著頭沉吟起來。他難以輕易接受，一直以來就在身旁的女子真實身分竟是如此。

「後來停頓了一段時間——我其實是最近人格才切換成派特倫希娜，正式開始活動。可以說從和馬修先生與薩扎路夫先生一起參加調查任務時開始的。因為在那個階段神官對教徒們的煽動工作火候未到，我阻撓部隊前往當地，爭取時間。在進軍途中之所以碰到民眾向部隊求助，就是這個緣故。」

微胖青年的表情變得更加苦澀。哈洛看到後越發縮起肩膀，但沒有停止自白。

「我同時向特務們下達指示，也提供了作戰計畫讓他們救出被俘的海軍少將艾露露法伊・泰涅齊謝拉小姐。海兵們逃出俘虜收容所，在附近的軍事基地取得武裝與物資，直接和教徒們會合後闖入山脈……這一連串的行動都出自我們的設計與指示。」

「從建立計畫開始就參與了……妳們到底有多能幹啊。」

馬修忍不住脫口而出。這一瞬間，他的感受驚愕更勝諷刺。

「只是，陛下親自率領援軍前來出乎意料，自從她抵達後，我們按照保護她同時增加帝國軍損失的方向繼續活動。情況進展得非常順利——直到伊庫塔先生來到陣地為止都是。」

哈洛瞄了黑髮青年一眼，立刻垂下眼眸繼續道。

「後來我們嘗試栽贓給尤格尼少校、連繫齊歐卡軍，在可能範圍內用上各種手段，卻沒獲得任何成果……徹底輸給伊庫塔先生，走到這一步。」

「……大概是多少人？」

馬修悄然插話，拋出沉重的發言。

「妳們的間諜活動額外害死了多少士兵？」

現場氣氛霎時變得緊張起來。罪惡感令哈洛肩膀顫抖，但她未加掩飾的回答。

「我不清楚正確數字。不過……包含間接原因在內，應該超過一千人。」

「…………！」

當她揭示遠超預期的數字，馬修衝動地一拳搥在桌上。伊庫塔努力放緩聲調，向他開口。

「馬修，作為醫護兵的哈洛，一直以來也拯救了數量相當的……或許還更多的性命。」

「這種事又不能互相抵銷！」

微胖的青年厲聲吶喊。面對無庸置疑的事實，伊庫塔依然不退縮。

「你說的沒錯——不過，那又怎樣？我不會責怪她，也不會懲罰她。」

看似將錯就錯的發言，激得馬修狠狠瞪了過去，從正面面對他的情緒，黑髮青年強而有力地回應。

「要說我偏袒自己人，的確沒錯。然而——你不認為追究她們的罪行順序錯得離譜嗎？將童年的她逼進宛如地獄的境遇中的那戶人家犯下的罪呢？只因為年僅十二歲的少女具備資質，就將她拉進背叛世界的那個傢伙犯下的罪呢？」

「————！——」

「無人追究。那些罪行完全被置之不理。如今站在此處的她始終是連環的惡性因果產生的一個結果，原因、誘因與責任都應該分別向元凶追究……我沒有說哈洛心中完全不包含這些。儘管如此，我依然不想責怪或懲罰她。比起這麼做，我們這些同伴還有更加重要的事情得做。」

伊庫塔如此回答，炯炯有神地直視對方。馬修咬緊牙關，發揮嚴格的自制後擠出聲音。

「……這意思是……嚴厲指責犯錯的人也無助於解決嗎……？」

伊庫塔忽然放緩表情。言語中充滿了對於他說出此事的感謝以及毫無虛假的敬意。

「多虧你想起來了。沒錯——那些行為只不過是用來滿足情緒的報復。面對產生錯誤的根源，教誨引導對方才是唯一的正確解答。」

他順著馬修的發言下結論。微胖青年握緊雙拳站起身。

「我明白，我都明白！可是，可惡──感情跟不上理智。既然不能責怪對我們設陷阱的本人，造成大批士兵喪命的責任該算在誰身上？我該如何整理這股情緒才好？」

抱著滿腔無處可去的憤怒，微胖青年揮拳砸在桌上。伊庫塔堅定地立刻回答。

「答案只有一個──由我們來分擔。在那個戰場上發生的所有事情的責任，無論是什麼，都應該由我們一起均分承擔……而非一個人獨自背負。」

「…………！」

伊庫塔一步也不退讓地告訴他。來到此刻，馬修也理解了青年對於作為同伴──對於這份羈絆懷抱的決心。與兩年前為止的他相比，那份決心變得更加堅定。

與伊庫塔互相吐露心跡之後，馬修隨即一臉嚴肅地轉頭望向哈洛。

「……喂，哈洛……！」

聽到他呼喚自己的名字，她用力按住胸口……臉上的表情在說，她甘願承受任何咒罵與彈劾。只要看一眼就能明白，如果馬修現在要求「妳給我立刻以死謝罪」，她將毫不猶豫地動手自戕。

「…………妳！…………妳……！」

馬修渾身顫抖，神色嚴厲地一直瞪著下定決心佇立在面前的她。五分鐘過去、十分鐘過去──更多一倍的時間在緊繃的沉默經過。

「…………………………妳這人，真狡猾。」

最後，微胖青年鬆開緊握的雙拳。臉上浮現認命的表情。

「那樣很可怕啊……在戰場上負傷，妳卻沒守在後方。光是想到那種情況，我的手就發抖、背脊就發涼，腳步也站不踏實了……在少了妳的戰場上，我不覺得我還能夠像過去一樣戰鬥。」

「……馬修先生……」

哈洛目不轉睛地回望對方。馬修的神情間流露出濃濃的苦澀。

「不用提到上戰場，若非有妳找機會幫我說話，我這兩年說不定在什麼時候早就被夏米優陛下下令斬首了……所以我知道，哈洛，我一直以來都受到妳的救贖。知道妳一直都在不引人注目的背地裡出力支持我們。」

馬修心中有著對背叛而發的憤怒與悲傷。妳害死了我許多部下——他直到此刻也還拚命壓抑著想責怪她的衝動。

不過——當那些情緒與對她懷抱的感謝互相衝突，他心中留下的是比過去更加明確的，對同伴的親愛之情。當自身理解到這一點，在馬修心中肆虐的激動情緒緩緩地歸結出一個結論。

「……老實說，我不知道有沒有辦法原諒妳。我無法忽視部下們的死。」

哈洛閉上雙眼等待裁決下達。馬修在她面前深深垂下頭，以顫抖的聲調告訴她。

「這是當然的。我是那些傢伙的指揮官，是他們托付性命的司令官——不可能拋開那份責任。我絲毫沒有拋下責任的念頭。」

馬修注視著雙手，想著那些從他指縫間流逝的生命數量。想著將來會因為自己的不成熟和失敗沒能挽救到的生命數量。

然後，他同時不由得確信——想盡可能減少那些犧牲，缺少不了眼前女子的力量。想著自己是多麼恐懼失去哈洛瑪．貝凱爾助力的戰場。想著直至今日為止，她的存在給予自己多大的救贖。

「然而，無論妳有沒有罪，妳都無可改變地是騎士團的同伴。」

馬修抬起頭說出這句話，聲調已不再發顫。

「所以——從今以後我會更認真地去認識妳。認真地聽妳說話，也常常主動找妳攀談。再也不放著妳不管。

而同等的，妳也要確實地把重擔分出來，我會承擔起來。打從在船上相遇直到今天，我自認還有達到那麼點成長。」

他語畢同時走向她，朝哈洛伸出手。托爾威也接著從椅子上站起身。

「這兩年之間，我以為自己是為了幫助大家一路努力著，其實除了自身的煩惱以外什麼都沒注意過。哈洛小姐，我比阿伊和小馬更沒有權利責備妳。對於我先前忽視了許多事物這一點，我打從心底感到自己很沒用。」

托爾威咬住下唇，同樣走到哈洛身旁悄悄地伸出手。一雙深綠眼眸帶著溫暖的決心注視著同伴。

「我不會再犯下同樣的錯誤。所以……能給我一個機會再度和妳並肩而戰嗎？」

面對兩人懷抱堅定的親愛之情伸出的手，哈洛不知該如何是好地呆立不動。她不知道自己有沒有資格回應他們伸出的手，卻歡喜得無法克制——只能忍住瀕臨潰堤的淚水。

「……雅特麗小姐會原諒我嗎……？」

回過神時，她發現自己這麼問。伊庫塔聽到後手抵著下巴沉吟起來。

「依照她的立場來說的確有困難。作為伊格塞姆的價值觀想必不會放過妳從事間諜活動的事實——不過我知道，雅特麗絕非只受規範束縛的人物。」

伊庫塔咧嘴一笑，從懷裡掏出一枚硬幣放在拇指上，面向放在椅子上的炎髮少女短劍。

「我們來問問她本人吧。馬上就能知道她的想法了——是正面或反面？」

硬幣被拇指彈向空中，描繪出一道漂亮的拋物線落在短劍的護手盤上，隨著清脆聲響反彈起來掉在椅子上。伊庫塔向哈洛指出結果。

「看吧——她原諒妳了。」

掉在短劍旁的硬幣正面朝上。哈洛緩緩走過去拿起來仔細檢查——不久後，綻放一抹含淚的微笑。

「……真狡猾。這枚硬幣兩面都是正面啊。」

「沒錯。因為她告訴我，『就擲那枚硬幣吧』。」

伊庫塔若無其事地說道。兩面都是正面的硬幣——他的言下之意在說，那正是雅特麗對哈洛的答覆。

哈洛握住硬幣用力抱在胸口，反覆地連連點頭。在場沒有人認為這番話是謊言——這時候，哈洛感覺到面帶微笑而立的炎髮少女氣息就在身旁。

「——哈洛？怎麼了，哈洛？」

在回憶之中飄盪的意識，被呼喚聲驟然拉回現實。

「——陛下。」

回過神時，她發現自己茫然地站在烤透的羊肉塊前面。夏米優從旁邊探頭觀察著她的模樣，關心地詢問。

「我看妳停住了手頭的作業，好像在思索什麼事情。哈洛……有什麼煩惱就說說看。雖然不知我是否幫得上忙——還是比憋在心底要好一些。」

女皇神情迫切地望著對方。她的關心讓哈洛很高興，同時回憶起先前所見景象的後續場面。

——夏米優——只有那孩子，希望妳還不要告訴她事實。

在一席長談的尾聲，伊庫塔提議道。

——她當然也是重要的同伴。如今的我對她疼愛得含在嘴裡怕化了。不過，夏米優同時也還是個孩子。此次的情況是我們這些年長者沒處理妥當，唯獨她沒義務承擔犯錯的責任。

聽見這番話的瞬間，哈洛也領悟了黑髮青年回到戰場上的最大理由。

——得知最信賴的人原來是間諜這個事實，應該會使得置身立場本就複雜的她更加不安。所以現在還不要告訴她，先將此事保留在我們心中——至少直到適當的時期來臨為止。

為了保護對現在的他來說最寶貴的事物，哈洛感慨萬千地點頭同意。

——哈洛，關於要不要吐露祕密，與吐露的時機都交給妳決定。

她決定等一切塵埃落定就說出真相。等到戰爭結束，國家安定……少女在真正意義上成熟的時候。起碼在那一刻來臨之前，就讓她繼續扮演溫柔的大姊姊吧。

「——謝謝您，陛下。不過我沒事的，只是回想起一些開心的回憶。」

「是嗎……那就好。」

看到哈洛露出強而有力的笑容回答，還有另一件掛心事的夏米優也不再追問。在她們交談的同時，食物正逐步調理妥當。

「好，我這邊都準備好了。麵包怎麼樣了？」

「等、等一下。這個爐子用法很獨特……不會烤焦吧，沒問題吧。」

「燉菜也煮得差不多了，要是味道合大家的口味就好了～」

完成的菜餚一道接一道擺在餐桌上。不是戰場上塞進嘴裡充飢的軍糧，不是基地每天供應的伙食，也不是一流廚師烹調的宮廷料理。那些菜餚全都是樸實溫暖的的家常菜。

「喔喔，都擺上桌了。我馬上來試吃一下……」

「沒幫多少忙的傢伙別只顧著偷吃！快給我就坐！」

馬修拍掉伊庫塔伸向餐盤的手。以此為信號，大家紛紛坐在圍繞餐桌擺放的椅子上。六張椅子

的其中一張今天也放著炎髮少女的短劍——餐桌上的菜餚也理所當然是六人份。

「咳咳。那麼——雖然有點怪怪的，一起為騎士團的晚餐——」

「「「乾杯！」」」

在夏米優帶頭下，大家舉起裝滿果汁的杯子相碰。熱鬧的團聚時光就此展開。

摻雜在那些聲響中——哈洛心中另一個她，也難為情地喃喃說了聲「乾杯」。

卡鏘！東西摔碎的聲響傳進正拿掃帚打掃走廊的她耳中。

「——？」

她的手霎時頓住，快步往聲音傳來的客廳走去。

「怎麼了，老公？」

她一進門就開口問。她所呼喚的男子坐在來自帕猶希耶的藤椅上僵住不動，左手拿著一張信紙，他慣用的亞波尼克傳統茶杯摔碎在腳邊，杯中的茶全灑光了。真稀罕，這是她浮現的第一個念頭。

「——啊——抱歉。該怎麼說才好——我受到一點，不，是很大的打擊。」

發現妻子走進來，男子——齊歐卡共和國執政官阿力歐．卡克雷終於回神，開始動作。不過當妻子的立即制止了他。對於負責收拾的人來說，他別隨便亂動更有幫助。

她俐落地把茶杯碎片都撿起來，拿抹布擦拭起沾濕的地毯，而她面前的阿力歐依舊神色茫然地開口。

「莎拉姆，妳至今有過被別人搶走珍寶的經驗嗎？」

「珍寶嗎？」

莎拉姆邊擦地邊回應。在這對夫婦之間，他突兀地拋出意味深長的問題並不稀奇。

「……在我小時候，有一次我花費三天堆成的沙堡被其他小孩踩壞了。儘管年紀還小，我認為當時心頭湧現的感情意外地近乎殺意。」

「我深有同感。現在我心中一部分的感情，多半就是那個。」

男子微微頷首。他將信紙放在膝頭，張大雙眼仰望天花板繼續表白。

「我簡直懷疑自己的眼睛。憑我的眼力發掘出才能，由我親手引導完成的傑作之一，居然主動傳來自身崩潰的消息。啊啊——這股喪失感到底該如何形容。彷彿胸口被挖了個大洞，彷彿心缺了一角——再怎麼斟酌用詞，缺乏文采的我都只能想出一些陳腔濫調。」

阿力歐自嘲地說。莎拉姆感到越發稀罕。他自嘲時不帶開玩笑的意味，這種例子極為稀少。

「不過，我想想……我心中份量最重的情緒，應該是不甘心。我不甘心她被搶走，深深痛恨搶走她的人，就像個初戀對象被追走的純情青年。

搶走我一手打造的極致淑女的人——到底是何方神聖？為了使齊歐卡的未來燦爛輝煌，我還有很多事情需要她完成。光是屈指計算失去了多少種可能性，都令我心痛難忍。」

原來他真正覺得不甘心時會像這樣感嘆啊，莎拉姆覺得丈夫的態度非常新鮮。她很清楚丈夫具備複雜得非比尋常的人格，在觀察阿力歐．卡克雷這方面，莎拉姆．卡克雷確實是最高權威。

「不可原諒。唯獨這件事——不可原諒。」

莎拉姆一直看著嘗試從種種角度表現嫉妒和憎惡的阿力歐，宛如在觀察珍奇動物的生態，既未激勵也未安慰他。當丈夫的也沒表露任何不滿。

姑且不論她對他有沒有世俗所說的愛情存在——與這名伴侶共度的每一天，對她來說都非常充實。

＊

此處是位於齊歐卡和帝國遙遠北方的大聖堂。在大聖堂一角的尖塔塔頂附近的房間裡，有個響亮的男聲正在室內迴響。

「——以上即為帝國現狀的相關報告，教皇陛下。」

那名穿著軍服的壯年男子身材高大魁梧，剃得乾乾淨淨的光頭足以映出天空的倒影。他看來像個身經百戰的軍人，也擁有虔誠神官的氣質。至於聽他報告的人物——這是穿著一身特別奢華神官服的嬌小老婦人。

「是嗎……看來這次登基的女皇相當殘酷。」

「是的。不過綜觀全體行動，同時也能感覺到她的深謀遠慮。我這把老骨頭倒期待她是假扮暴君的賢明君主啊。」

平常面對任何人都會發揮毒舌的男子，唯獨對眼前這位人物有所收斂。接受他所展現的最大限度敬意，老婦人聽到這番話後微微一笑。

「既然你這麼說，或許真是如此，亞庫嘉爾帕·薩·杜梅夏上將。實際上——原以為危在旦夕的帝國卻在關鍵時刻意外地堅持下來。形勢沒有全往讓齊歐卡稱心如意的方向進展，我不得不承認那個事實。」

老婦人說完後，閉上眼睛陷入思考。她在亞庫嘉爾帕上將的注視之下反覆思量許久——最後開口。

「……試著見一面吧。」

「……陛下。這……」

「我想和他們當面談談。無論是那位女皇也好，輔佐她的臣子也好。我們原本早已認定無可救藥的帝國，那個腐敗國家的荒蕪土壤，說不定也伴隨年輕世代的崛起漸漸冒出新芽。我想要確認這件事。」

她以澄澈的嗓音告訴他，為了讓男性放心又補充道。

「話雖如此，引起齊歐卡的猜疑也令人困擾……要舉辦應該會辦成三國會談。那樣也不錯，我也想見見很久沒碰面的『不眠的輝將』呢。」

「想到那小子的臉，我的心情就很複雜……當然，若這是陛下的期望那也無可奈何。」

亞庫嘉爾帕上將屈膝跪下表達贊同之意。老婦人向他笑了笑，雙手指尖在在胸前相觸比出一個圖形。

「不懈不倦地收集希望的碎片吧。直到我們一度遭到神罰的世界——重新找回光明的未來。與四大精靈的深厚恩澤同在——主神（Alderamin）啊，請引領我們。」

她隨著象徵主神星的手勢誦讀祈禱經文。亞庫嘉爾帕上將滿懷敬意地默默行禮。

統治宗教國家拉·賽亞·阿爾德拉民的宗主，君臨教團組織頂點的教皇——葉娜希·拉普提斯瑪，同時蘊含深深憂慮與一抹期待的眼眸，靜靜地映出越過尖塔窗戶俯瞰可見的本國街景。

解決哈洛的問題後經過兩週的午後。伊庫塔和夏米優在聳立於皇宮一角的深綠堂大寺院內等人。

「──你推薦的兩名文官候補人才，今天會過來吧，索羅克。」

女皇確認道。可是青年聽到之後，傷腦筋地皺起眉頭。

「沒錯……不過我有點煩惱。找他們好嗎？」

「什麼？」

聽到出乎意料的軟弱回答，夏米優有點慌張地看向對方。伊庫塔面有難色地往下說。

「博士本人流亡齊歐卡後，還有很多『阿納萊的弟子』留在帝國。他們之中有許多優秀人才，錄用為文官是不錯，可是──」

這段發言還沒說完，宮廷武官便來到兩人面前跪下，根據職務立刻進入正題。

「拜見御前，陛下──兩名文官候補剛才抵達了。」

「好，帶上來。」

徵得女皇批准的武官站起來轉身走向大寺院入口。夏米優望著他的背影再度發問。

「你說錄用為文官是不錯……的下一句話是什麼？」

「嗯……他們大都性格古怪。特別是這次我找來的其中一人。」

伊庫塔以感到為難的口氣回答，更加刺激了少女的不安。此時，武官帶進來的一名男子揚起大膽的微笑走到她面前。

「二十名衛兵、三名侍從、兩名武官——您知道在人事上可以分別裁掉這些人數嗎？」

搶在行拜見禮之前，男子開口第一句話就這麼說。當領他進來的武官聽得臉色發白，男子這才當場跪下面對女皇。

「——呼呼呼……初次拜見，皇帝陛下……」

那是個留著齊肩黑髮，五官纖秀的青年。藏在右眼單片眼鏡後的眸子閃爍著可疑的光芒，他緩緩地報上姓名。

「我是這次受到師弟伊庫塔·索羅克舉薦，前來謁見的『阿納萊的弟子』之一，約爾加·戴姆達利茲。請多關照……呼呼呼……」

自稱約爾加的青年用活像陰謀家的笑聲修飾語尾，再往下說。

「剛才我提出的是削減經費的提案。陛下似乎是頗為出色的執政者，不過從皇宮的維持管理算起，帝國在營運方面還有許多可以節省的多餘開銷。如果您能將這部分的改革工作交給我處理的話……呼呼呼呼呼。」

約爾加誇張地展開雙臂，以裝模作樣的動作銜接話語。

「見到改革成果時，陛下想必會這麼說——簡直像皇宮裡還沉眠著我不知道的藏寶庫一樣——呼呼呼……呼呼呼呼呼……呼呼呼呼咕喔？」

有人一掌拍在笑個不停的青年後腦杓上，從他臉上滑落的單片眼鏡在地毯上翻滾。在僵住的武官們面前，第二名人物毅然走上前。

「久等啦————！人家登場囉，鏘鏘鏘鏘～！」

「啊啊！我看穿萬象的睿智之瞳！」

約爾加邁步追逐在地毯上滾動的單片眼鏡。害得他得這麼做的少女滿不在乎地說。

「哎呀呀～又掉了？別再戴單片眼鏡了，約約你的眼窩根本卡不住嘛。誰叫你的五官輪廓比一般人來得淺～」

「囉嗦！這是我的策略！妳別明明知道還拍我後腦杓！那種鏡片不便宜喔！妳以為妳都打碎了幾片！」

約爾加拿布擦拭著好不容易撿起來的單片眼鏡怒吼。第二名少女則當成耳邊風不在乎地站著，看見這一切的伊庫塔深深地嘆了口氣。

「第一次見面就搞成這樣……你們兩個一點也沒變。」

「嗨～伊庫塔哥！你好像變老了？飛黃騰達變成富豪了？今天吃宮廷料理嗎？啊，還有另一個問題，在五百字內自由描述你覺得那件披風很帥的理由！」

少女像連珠砲似的接連發問。配上一身輕便好活動的服裝，令人想像到她的言行舉止裡蘊含著無窮的活力。只能關注著一連串情況變化的夏米優，也對那股氣勢產生某種危機感，拉拉身旁青年的袖子。

「……索、索羅克，索羅克……！」

「抱歉，夏米優，我馬上安撫她……五年沒見，我當然多少會蒼老一點。薪俸有增加，但沒多到能一下子晉升富豪的程度。想吃宮廷料理我會安排，不過萬一菜裡有毒可別抱怨。我現在不打扮得看來稍微像個身居高位者會很麻煩，所以才穿上披風。至於帥氣與否，交由個人主觀判斷。」

伊庫塔如同撣掉小樹枝般回答完所有問題，在終於輪到他說話時牽制對方。

「總之，不停發問的部分到此暫停。和別人第一次見面時應該先打招呼吧，米爾巴琪耶。」

「不————對！」

青年一喊出她的名字，少女就激動地大喊併馬上訂正。

「麥琉維恩瓦琪恩才是我的名字！米爾巴琪耶是哪裡的鄉巴佬啊！被唸成那麼乏味不起眼的發音，我家列祖列宗聽了都會嚇昏！趕快改過來，伊庫塔哥！」

「咦，妳又開始講究名字發音了……？因為不管練習多久都沒人能正確發音，大家不是才討論出叫妳米爾巴琪耶就好的結論？」

「誰知道～我才不記得發生過那種事！我是活在當下的女子，麥琉維恩瓦琪恩．夏特維艾塔尼耶爾希斯卡茲！一、二、三～複誦一遍！在有人能夠以標準發音唸出來之前，今天我可不會放大家回家！」

不只名字，少女還強迫他們記住那一長串的姓氏。該怎麼處理呢？伊庫塔雙手叉腰。

「……麥琉維恩瓦琪恩．夏特維艾塔尼耶爾希斯卡茲。」

女皇吐出流暢的發音，代替他澆熄少女的氣勢。在一口氣變得鴉雀無聲的大寺院內，夏米優目不轉睛地俯望少女。

「以居民名字很長及躍動的發音為特徵的地域——妳的故鄉是西域的拉斯卡列塔鄉嗎。雖然具備相關知識，我還是第一次實際見到當地的人。」

論及帝國內的情報，無人能出其右。也許是對夏米優驚鴻一瞥展現的淵博知識感到驚訝，少女猛盯著她發問。

「……妳叫什麼名字？」

「夏米優．奇朵拉．卡托沃瑪尼尼克。我明白這是皇族的宿命，但很少遇見姓氏比我更長的人。不得不說，妳給了我一個很好的經驗。」

夏米優對終於能夠正常溝通鬆了口氣，深深地靠在她所坐的寶座上。至於那位少女，則眼神閃閃發光地浮現微笑。

「——伊庫塔哥、伊庫塔哥。」

「什麼事？」

她找站在女皇身旁，位置比她略高的師兄攀談，以動作指著夏米優說道。

「這女孩有前途。」

「在這個國家的歷史上，妳大概是第一個對著皇帝講出這種話的人。」

伊庫塔馬上諷刺地吐槽，少女卻當成誇獎忸怩著害羞起來。雖然受到強烈的無力感折磨，黑髮青年仍然設法再度轉向女皇。

「就是這麼回事……儘管身為招攬他們的人很於心不安，他們就是這次招聘的文官候補。姑且幫他們說幾句話，約爾加只是搞錯耍帥的方向，通常來說很優秀。將財務方面交給他管理通常幫助很大，通常來說。」

「伊庫塔，別滿口通常、通常唸個不停！我聽到那個字眼就起雞皮疙瘩，我必須隨時受到特別待遇！」

「反正他有這種鑽牛角尖的一面，偶爾溫柔對待他就行了。至於大致目標嘛，發現他抱著膝蓋躲在房間角落開始心算，就奉承哄哄他吧。」

草率地傳授了對待約爾加的訣竅後，伊庫塔的目光又轉回少女，臉上立刻蒙上一層陰影。

「而米爾巴琪耶……該怎麼說才好……」

「是麥琉維恩瓦琪恩！」

「……該怎麼說才好……就連我也覺得，找她過來太輕率了……」

儘管有股衝動想當場逼問過去的自己，伊庫塔嘆口氣切換心情。

「重新打起精神吧——這傢伙是比我更晚入門的『阿納萊的弟子』，正如妳看到的，她的能力及感受性的方向都跟其他科學家截然不同。省略各種細節簡單的說……和笨蛋只有毫釐之差。」

「這算什麼～！根本沒在幫我說話～！」

「說得極端點，她也以是最強科學家之名著稱。當然有九成是諷刺意味。」

「你完全沒打算替我幫腔吧！」

「在怪人成群的『阿納萊的弟子』中，也沒有像這傢伙一樣極端的……硬要說的話，這就是我提拔她的理由。我有點累了，之後妳向她本人打聽吧。」

才轉換的心情馬上失去能量，伊庫塔居然把應對少女的任務全推給夏米優。就算對少女亂來的程度感到畏縮，青年招攬她也不是鬧著玩吧。夏米優做好覺悟，向著眼前的人開口。

「……麥琉維恩瓦琪恩。」

「是～！我名字很長，簡稱瓦琪耶就行了！」

「『從開頭就讓大家叫簡稱啊！』」

伊庫塔與約爾加同時吐槽。夏米優盡全力地保持嚴肅的態度繼續談話。

「……那麼，瓦琪耶。我先問妳，妳能做到什麼事？」

瓦琪耶雙手叉腰，挺起胸膛自信滿滿地說。

「我可是科學家，做得到的事情當然是科學了。」

「妳所說的科學為何？」

「結構分析的物力。」

回答的瞬間，少女散發的氛息為之一變。她雙眼閃爍著危險的燦爛光芒。

「用邏輯與直覺的砍刀裁斷修剪種種複雜地交錯混合糾葛的現象，重新進行歸納的思考大整理。理智對於世界的晦澀費解發起的叛亂，向道貌岸然地身居高處裝腔作勢的所謂真理揮出的反擊拳。既然世界難懂，我就加以簡化，把世界扯下來放到人人都能簡單理解的層次嘲笑它——我就是這種褻瀆者及侵略者。」

大量的言語以怒濤之勢撲來，言詞間散發出本人的精神熱忱。切身感受到那股熱情，女皇立刻領悟——她的確不是尋常人才。

「我無法原諒費解的事物始終費解。這是扎根在我心中的憤怒形態。」

瓦琪耶毫無顧忌地毅然表明，像頭擬態成人類的肉食動物般呲牙露出犬齒。

「而什麼國家最是如此。不無條件地將國家開膛破肚解剖開來，這股憤怒就無法平息。所以——如果交給我來做，結果一定會非常驚人。所有複雜的問題全部消失。過去人們囫圇吞棗接受的晦澀費解，將在我的分類下消失得不留痕跡。」

少女眼中的火焰已超乎激情與野心，達到瘋狂的境界。另一方面——看著瓦琪耶的癲狂姿態，伊庫塔回想起自己選擇招攬這個人的意圖。

「讓我動手吧。這裡應該有吧——有很多在漫長歲月中徹底淤積糾纏扭曲，再也沒人解得開的難題！」

這是劇藥。正因為知道那無可比擬的危險性和威力，他才招攬師妹來到現在的皇宮。

〈完〉

後記

回過神時，才發現走到了這一步……！午安，我是宇野朴人。

第十集。本系列終於進入我盼望的兩位數。在本系列剛開始時，有誰預料到會發展至此呢？隨著一本本小說的累積……嗯，這真叫人感慨萬千。

再加上，本集的發售時間與動畫播映時間正好在同一個月，我的人生中還是第一次遇到值得紀念的喜事重疊的經歷呢。２０１６年７月……成為我日後將永難忘懷的五個數字。等我去世後如果有人想打開我的電腦，這串數字說不定是應該率先嘗試的密碼候補……不，可別真的打開喔？凡是有血有淚的人，這時候應該毫不猶豫地拆下硬碟拿錘子砸壞喔？這叫俠義精神。我會另外留下想託付給別人的遺作和構想，請別不知該怎麼辦就去挖掘我的個人用電腦。那裡面充滿了名為個人隱私的黑暗。

接下來，我向這次也給予關照的各方人士表達謝意。

插畫家竜徹老師！感謝您這一次也提供精美的插畫！特別是初次拜見封面彩稿時，我著迷得足足在現場看了十分鐘之久！

參與動畫製作的各位！儘管篇幅不夠一一列出大家的名字，我總是實際感受到真的有許多人為這部動畫投入熱情！承蒙各位認真地採納我的外行人意見，實在滿心感謝！

漫畫版作者川上老師，除了持續在《電擊魔王》雜誌上進行高水準的連載，您在動畫相關方面也提供了許多支援！真是太可靠了！

前來東京拜訪的各位作家！多虧你們，我每天都過得非常愉快！雖然遇到個人色彩鮮明的作家總會被那股氣勢壓倒，希望我有一天也擁有足以與大家勢均力敵的氣勢……！

責任編輯黑崎編輯！我們之間已經無須多言……總是很感謝您……！

當然，還有拿起這本書的你——請讓我以前所未有的份量獻上整整十集份的謝意！

Alderamin on the Sky
Uno Bokuto Presents

漫畫版《天鏡的極北之星》作者 川上泰樹 特別贈稿

TAIKI KAWAKAMI PRESENTS

《發條精靈戰記　天鏡的極北之星》好評熱賣中!!

15
Satoshi Wagahara
Illustration ■ Oniku
打工吧★魔王大人
和ヶ原聡司
插畫■029
Kadokawa Fantastic Novels

Kadokawa Light Novels

我的腦內戀礙選項 1~12（完）

Kadokawa Fantastic Novels

作者：春日部タケル　插畫：ユキヲ

搞什麼鬼？完結篇了!!!???
惹怒眾讀者的完結篇斗膽登場！

為了與心愛之人重逢，甘草奏毅然面對最後的選擇——原本想寫點正經的，結果這集還是下了一大堆搞笑跟喜劇成分。失控的選項妹妹把每個人的咪咪亂換一通（富良野有巨乳了！），還搞起了超能力戰鬥？超人氣選擇系戀愛喜劇獻上胡鬧完結篇！

各 **NT$180~220/HK$50~68**

台灣角川

國家圖書館出版品預行編目資料

發條精靈戰記 ： 天鏡的極北之星 / 宇野朴人作 ；
K.K.譯. -- 初版. -- 臺北市 : 臺灣角川, 2017.04-
冊 ； 公分
譯自 : ねじ巻き精霊戦記 天鏡のアルデラミン
ISBN 978-986-473-605-8(第10冊 : 平裝)

861.57 106002827

Kadokawa Fantastic Novels

發條精靈戰記

天鏡的極北之星 10

（原著名：ねじ巻き精霊戦記 天鏡のアルデラミン X）

2017年4月13日 初版第1刷發行

作　　者：宇野朴人
插　　畫：竜徹
角色原案：さんば挿
日版設計：AFTERGLOW
譯　　者：K.K.

發 行 人：成田聖
總 編 輯：蔡佩芬
主　　編：吳欣怡
文字編輯：黎夢萍
資深設計指導：黃珮君
美術設計：胡芳銘
印　　務：李明修（主任）、張加恩、黎宇凡、潘尚琪

發 行 所：台灣角川股份有限公司
地　　址：105台北市光復北路11巷44號5樓
電　　話：（02）2747-2433
傳　　真：（02）2747-2558
網　　址：http://www.kadokawa.com.tw
劃撥帳戶：台灣角川股份有限公司
劃撥帳號：19487412
法律顧問：寰瀛法律事務所
製　　版：巨茂科技印刷有限公司
ISBN：978-986-473-605-8
香港代理：香港角川有限公司
地　　址：香港新界葵涌興芳路223號
　新都會廣場第2座17樓 1701-02A室
電　　話：（852）3653-2888